AF163782

Elisabeth Hyrtl

Kurzgeschichten zwischen Phantasie und Wirklichkeit

novum pocket

Bibliografische Information
der Deutschen Nationalbibliothek:

Die Deutsche Nationalbibliothek
verzeichnet diese Publikation in der
Deutschen Nationalbibliografie.
Detaillierte bibliografische Daten
sind im Internet über
http://www.d-nb.de abrufbar.

Alle Rechte der Verbreitung, auch
durch Film, Funk und Fernsehen, fotomechanische Wiedergabe, Tonträger, elektronische
Datenträger und auszugsweisen
Nachdruck, sind vorbehalten.

Gedruckt in der Europäischen Union
auf umweltfreundlichem, chlor- und
säurefrei gebleichtem Papier.

© 2023 novum Verlag

ISBN 978-3-903468-27-6
Umschlagfoto:
Nicku l Dreamstime.com
Umschlaggestaltung, Layout & Satz:
novum Verlag
Autorenfoto: Melanie Brunner

www.novumverlag.com

Inhaltsverzeichnis

Einiges muss ich zur Erklärung noch anfügen 8
Urlaub auf einer Insel 9
12 Jahre 13
Der kleine Bach 17
Das Wasserballett 21
Ein Märchen aus der Vergangenheit in
die heutige Zeit versetzt
(Das Märchen spielt in Österreich) 24
Elisabeth und Herbert
40 Jahr Ehe 27
Die Heimat meiner Mutter war die Steiermark 33
Ältere Frau und junger Mann
Umgekehrt kein Thema 37
Die grosse Hilfe eines Partners 42
Unsere Mama 46
Der Weg eines Buches! 52
Der Novembernebel 55
Meine Freundin Christa! 57
Meine „drei" Töchter 61
Ein Vogel namens Jakob 63
Eine neue Familie entsteht 66
Eine SMS für Max 72
Mathias und Roy 75
Elfriede 77
Das ist Liebe 82
10 Regeln die leicht einzuhalten sind! 83

Ein großer Dank gilt meiner schon verstorbenen Mutter, die ich von ganzem Herzen geliebt habe und die mich geliebt und immer unterstützt und zu dem Menschen gemacht hat der ich heute bin und sein kann.

Auch meinem „großen" Bruder (185 cm, der um 2 1/4 Jahre jünger ist als ich, aber größer ist als seine kleine Schwester, 168 cm) und seiner Familie gilt der Dank, der immer, wenn ich ihn brauche, für mich da ist.

Meine Kinder nicht zu vergessen, die eine Mutter ertragen, die mit ihren „alten" Tagen glaubt noch immer 18 Jahre zu sein.

Einiges muss ich zur Erklärung noch anfügen

Mit vier Jahren erkrankte ich an Poliomyelitis (Kinderlähmung). Dabei blieb das rechte Bein gelähmt. Und mit den Jahren, die ich jetzt schon auf dieser Erde lebe, waren viele Dinge nicht immer so wie ich es gerne gehabt hätte, aber meine Mutter hat mich immer wieder dazu gebracht, Dinge die ich eigentlich nicht machen wollte und konnte, einfach auszuprobieren und versuchen vielleicht um es dann doch zu schaffen.

Das große **„DU KANNST, DU WIRST UND DU MUSST"** ist mir heute wie damals noch immer in den Ohren. Sie sagte immer: „Ich bin nicht ewig da, du wirst dich nur auf dich selbst verlassen können und müssen, probiere erst selbst eine Lösung zu finden, bevor du um Hilfe bittest. Verlass dich nur auf dich und auf niemand anderen." Diese Worte vergisst man nicht, man hört sie oft genug. Also dann **„DU KANNST, DU WIRST UND DU MUSST"** ist bis heute meine Devise.

Deshalb die Mischung „zwischen Phantasie und Wirklichkeit".

Urlaub auf einer Insel

Die Flugbegleiterin bringt mich zu meinem Platz.

Es dauert nicht mehr lange und wir starten. Nach dem Start begrüßt uns der Pilot, nennt dann Daten der Maschine und die Flughöhe.

Nachdem ich in der Nacht vor Reisebeginn zuerst nicht einschlafen kann und dann viel zu wenig Schlaf hatte, bringt mich das gleichmäßige Geräusch der Maschine dazu meine Augen schließen und einzuschlafen. Somit schlafe ich traumlos fast bis zu Landung.

Es heißt „PLEASE FASTEN YOUR SEAT BELT, NO SMOKING". Die Maschine fliegt eine Kurve, links der Ozean rechts die Insel auf der ich einen 14-tägigen Urlaub verbringen werde.

Der Pilot bekommt nach der gelungenen Landung von den Fluggästen Applaus.

Das Hoteltaxi bringt mich zu meinem Hotel.

Ein tolles Zimmer. Nicht zu viel Dekoration, aber sehr geschmackvoll, die Vorhänge aus luftigem Material, bewegen sich leicht in der Brise.

Das Gepäck lasse ich noch unausgepackt, das mache ich dann später.

Ich stehe auf der Terrasse und vor mir ein Meer wie man sonst nur im Film oder auf Fotos sieht.

Am Anfang sieht man noch keine Farbe nur die kleinen Wellen, die an den Strand rollen. Nach einigen Schritten ist das Wasser türkis, das dann immer ein dunkleres

Türkis übergeht, und dann das Blau des Himmels, der sich im Wasser spiegelt.

Ich traue meinen Augen nicht, ich bin im Wasser, auf mich kommen Delfine zu. Sie umkreisen mich, als wollten sie mit mir spielen. Zuerst war ich vorsichtig, bewegte mich langsam, dann ließen sich die Tiere von mir berühren. Es ist ein Traum, solch ein Vertrauen von diesen eigentlich wilden Tieren, umkreist zu werden.

Das Abendessen, welches auf mich wartet, ist ein Traum, es gibt Köstlichkeiten, die von der Insel stammen, davon geht der Tisch fast über. Ich entscheide mich für Fisch und Gemüse als Beilagen. Der Koch will mir den Teller mit noch mehr belegen, ich sage danke aber was auf dem Teller ist, damit habe ich genug. Der Kellner bringt mich zu meinem Tisch für vier Personen und zu meinem Platz. Zwei Personen, offensichtlich ein junges Ehepaar, verliebt und sich anstrahlend sitzen schon bei Tisch. Man spürte die Vertrautheit zwischen den beiden. Mir ist es fast ein wenig peinlich mich zu dem süßen Paar zu setzen. Nichts ist mehr peinlich, die beiden fordern mich auf mich doch zu setzen. Ein Mann, ungefähr in meinem Alter wird ebenfalls an unseren Tisch begleitet.

Ich mustere ihn ein wenig. Er ist groß, ich denke so an die 190 cm braun gebrannt. Sportliche Figur, die Muskeln zeichnen sich unter seinem weißen T-Shirt ab. Die Haare etwas länger aber ein guter Haarschnitt, Naturwelle, an der Schläfe weiß und sonst grau. Ein Bart nur um den Mund. Vorsichtig linse ich rüber. Dann spüre ich wie mir heiß wird, er muss mich beobachten. In diesem Moment habe ich keinen Hunger mehr. Ich entschuldige mich bei den dreien und verschwinde in Richtung meines Zimmers.

Einige Zeit dauert es bis ich mich gefangen habe. Nein ich will meine Ruhe, ich will mich erholen.

Auf meiner Terrasse steht eine bequeme Liege mit kleinen Zierkissen. Ich mache es mir bequem. Ich genieße es meinen Gedanken nachzuhängen. Man hört die kleinen Wellen ans Ufer rollen. Der Himmel ist sternenklar. Abertausende Lichter funkeln. Mit diesem Ausblick schlafe ich ein.

Beim Frühstück bin ich zuerst allein, dann kommen auch die anderen drei Tischnachbarn. Zuerst ist es noch sehr zögerlich, dann kommt das Gespräch in Fluss. Man stellte sich vor, das junge Paar heißen Fred und Ulla, der Mann heißt Rolf.

Pläne für den Tag waren verschieden. Fred und Ulla gehen an den Strand. Ich will die Insel erkunden, Rolf meint er schließt sich mir an. Zuerst bin ich mir nicht sicher, nein bitte nicht, sage dann aber doch zu, mit ihm das Unternehmen zu starten.

Wir sind den ganzen Tag unterwegs. Wir finden altertümliches, das waren enorme Leistung für diese frühe Zeit.

Wir finden auch Zeit, etwas zu trinken. So verfliegt die Zeit wie im Flug. Es ist an der Zeit umzukehren und sich zum Abendessen umzuziehen.

Für den nächsten Tag verabreden wir zum Strand zu gehen und einfach Ruhe zu geben.

Es stellt sich heraus, dass wir vier uns wunderbar verstehen. Der Strandbesuch ist von Ruhe und dann wieder guten Gesprächen begleitet.

Am Abend beim Abendessen geht es lustig weiter. Danach sitzen wir noch an der Bar. Nach einem Getränk habe ich genug, ich will mich zurückziehen. Doch Rolf meint einer geht noch, doch ich habe genug für heute, entschuldigte mich und gehe. Sein Blick folgt mir, das kann ich spüren, doch ich bleibe standhaft und gehe.

Der Rest des Aufenthalts ist, Urlaub, Wasser planschen, Delfine beobachten, mit Ihnen schwimmen, Ausflüge, Essen, Entspannung und anregende Gespräche, und das alles zu viert. Rolf will mit mir alleine sein, doch ich vermeide es.

Leider geht alles Gute und Schöne zu Ende.

Es heißt wieder Koffer packen, zum Flughafen fahren, ins Flugzeug zu steigen und ab nach Hause.

12 Jahre

Es ist ein Montag. Meine Mutter bringt mich ins Krankenhaus. Ich versuche mich zu wehren „Mama bitte, ich will nicht. Ich mag keine Schmerzen, den Gips wieder für Monate und alles was damit zu tun hat". Die Tränen laufen mir über die Wangen. „Kind ich weiß du willst das nicht, aber es hilft nicht, es muss sein. Ich habe auch schon unterschrieben. Es gibt kein zurück. Also noch einmal, es **MUSS** sein!" Das Weinen hört nicht auf, Mama bleibt hart.

Es ist das dritte Mal, dass ich ins Orthopädische Krankenhaus muss. Ich weine vor mich hin.

Ich bin 12 Jahre und furchtbar traurig, zornig und vor allem böse auf meine Mutter. Im geheimen wünsche ich ihr nicht Gutes. Aber jetzt gibt es wirklich kein Zurück mehr.

Auf der Station warten sie schon auf mich. Es ist eine vertraute Schwester im Zimmer als ich ankomme. Es ist die dritte Operation. In Ordnung ich füge mich.

Nicht nur die Schwester ist vertraut, sie heißt Rita und stammt aus Dänemark und ist eine Seele von einem Menschen. Sie umarmt mich und freut sich mich wieder begrüßen zu können. Trotz allem freue ich mich auch sie zu sehen.

Dann sehe ich zwei bekannte Gesichter. Sehr witzig, wo trifft man sich, in der Orthopädie. In Ordnung ich bleibe, zwar nicht gerne, aber ich nehme es jetzt hin. Wir haben sicher unseren Spaß miteinander, für lustige Dinge bin ich immer zu haben.

Bei der Visite wird zwischen den Ärzten besprochen was gemacht werden soll. Das war zu der Zeit üblich, du wurdest nicht miteinbezogen, sondern du wurdest nicht gefragt, du wurdest einfach vor die vollendete Tatsache gestellt was passieren wird.

Die Voruntersuchungen beginnen am nächsten Tag. Harn abgeben, Blutabnahme, Lungenröntgen werden ausgeführt. Es wird alles untersucht was zu der Operation benötigt wird.

Am Dienstag sind die Untersuchungen. Bei der Visite soll der Termin festgelegt werden. Die Oberärztin fragt mich wann die Operation stattfinden soll, entweder Donnerstag oder Freitag. Ich bitte gleich am Donnerstag dran genommen zu werden, dann habe ich es hinter mir.

Donnerstag früh. Ich werde geweckt. Zu essen gibt es nichts, ich muss nüchtern bleiben. Die Schwester kommt mit der Injektion und ich werde sehr müde. Um acht Uhr werde ich geholt. Man bringt mich gleich in den Operationssaal, ich werde mit dem Bett hineingeschoben, dann muss ich mich auf den Operationstisch legen. Meine Arme sind fixiert, eine Venennadel wird gesetzt. Das Bein wird am Oberschenkel abgebunden, damit nicht zu viel Blut fließen kann. Die OP-Schwester drückt mir das Schlafmittel in die Vene. Die Lampe über mir beginnt sich zu drehen und im selben Augenblick bin ich eingeschlafen.

Zu der Zeit ist es noch verboten nach der Operation etwas zu trinken. Ich soll bis 17 Uhr warten. Durst ist nicht schön, man sehnt sich nach Tee oder Wasser. Da auf meinem Nachttisch eine Vase mit Blumen steht, drohe ich das Wasser aus der Vase zu trinken. Die Blumen werden sofort entfernt, ich hätte es wirklich getrunken, und so bin ich weiter durstig.

Es war nicht leicht. Du bekommst dein erstes Schmerzmittel, den ersten Tee um 17 Uhr. Das waren die 60er-Jahre des vorigen Jahrhunderts. Heute ist es anders. Du bekommst sofort zu trinken und zu essen, das Schmerzmittel hängt immer an der Vene.

Damals gab es für Kinder nur am Sonntag von 15-17 Uhr Besuch. Mama schaffte es trotz allem immer wieder für einen kurzen Augenblick zu kommen. Sie wusste ich mache beim Abschied kein Theater, da konnte sie sich auf mich verlassen.

Als meine Mama kam war ich gerade nicht sehr hübsch anzusehen. Ich war blass und der Fuß blutete, es tropfte auf den Boden. Mama war total erschrocken und sie verabschiedete sich schnell wieder. In diesem Augenblick hatte für sich entschieden nie wieder am Tag der Operation mich zu besuchen, so hat sie sich den Herzschmerz nicht antun müssen.

Man rief den Arzt, da die Blutung nicht aufhören wollte. Er kam, orderte zwei Rosshaarpolster, darauf musste ich dann meinen Fuß legen. Er meinte, sollte die Blutung nicht aufhören, würde ich eine Bluttransfusion bekommen müssen. Das Schmerzmittel bekam ich gleich von ihm. Blut brauchte ich, Gott sei Dank, keines, und Schmerzmittel mit der Injektion und kein Zäpfchen wie sonst üblich.

Es ging mir rasch wieder besser und schon wieder saß bei mir der Schalk im Nacken. Wenn mir langweilig war dann stand ich in meinem Bett auf und hielt mich an der Bettstange über mir an. Früher waren die Betten im Krankenhaus mit ganzen Metallstangen versehen, heute gibt es nur mehr halbe Stangen, an denen der sogenannte Galgen hängt. Was passiert, der Oberarzt erwischt mich in dieser Situation. Ich sagte ihm ich kann nicht mehr nur liegen. Er meinte das geht so nicht, aber wenn ich ihm verspreche nicht auf den Fuß aufzutreten darf ich aus dem Bett und auch auf die Toilette mit dem Rollstuhl fahren. Meine Freude war riesengroß und ich versprach hoch und heilig nicht auf den Fuß aufzutreten. Wieder ein Stück Freiheit!

Wir hatten auch Schulunterricht. Da manche Kinder monatelang im Krankenhaus bleiben mussten war es wichtig doch etwas zu lernen. Der Unterricht wurde in den Schulen anerkannt und somit war es leichter in die nächste Klasse aufzusteigen.

Nach sechs Wochen Liegegips bekam ich endlich meinen Gehgips verpasst und ich durfte endlich nach Hause. Ich freute mich schon wieder in die Schule gehen zu können. Einiges hatte ich nachzuholen. Meine Klassenkameraden hatten in einigen Fächern für mich mitgeschrieben, so brauchte ich das nicht nachschreiben sondern dann nur durchlesen und lernen.

Was mich auch immer beschäftigt, ist, dass mein Bruder in der Zeit in der ich unserer Mutter so viele Sorgen bereitete, sehr viel auf sie verzichten musste. Heute frage ich mich immer noch, wie er sich gefühlt haben mag. Die Frage hat mir mein Bruder beantwortet: Er meint es war nicht so schlimm, dafür hatte er viele Freiheiten, die er sonst nicht gehabt hätte. Mit ist dann doch noch etwas eingefallen, dass ich vergessen habe zu erzählen: Die Polio hatte ich mit vier Jahren, mein Bruder war damals zwei Jahre und hat es nicht anders gekannt, dass seine Schwester die Mutter mehr brauchte.

Der kleine Bach

Es wird ein wunderschöner Tag. Das hat sich schon am frühen Morgen abgezeichnet. Ich mache Urlaub in den Bergen.

Die Sonne scheint, es ist angenehm warm, nicht zu heiß, einfach ein wunderschöner Tag.

Mein Rucksack ist gepackt mit allem was ich für den Ausflug brauche. Essen, Trinken, Regenjacke, Weste, sollte es doch kühler werden. Die Wanderschuhe sind geputzt und bereit mit mir zu gehen.

Zuerst will ich mich eigentlich mit dem Auto auf den Weg machen, doch ich entscheide mich anders, ich lasse das Auto stehen. Ich wandere gleich zu Fuß.

Als auf und es geht los!

Auf einer Wanderkarte habe ich mir eine kleine Tour ausgesucht. Aufpassen muss ich auf dem Weg schon, doch kann ich auch meinen Gedanken nachhängen. Es muss nicht immer Lärm und Getriebe um mich sein, ich liebe auch die Stille und Ruhe.

Mein Weg führt langsam ansteigend, er ist gut gekennzeichnet. Es ist schön immer höher zu steigen.

Die Sonne steigt langsam immer höher, es weht ein kleines Lüftchen.

Mir ist nach einer Pause, also suche ich mir ein Plätzchen, an dem man Rast machen kann. Zufällig fällt mein Blick auf eine Wiese, die sehr zum Rasten einlädt.

Die Decke, die ich eingepackt habe, nehme ich aus dem Rucksack, breite sie aus und setze mich. Trinken und Essen sind eine angenehme Abwechslung.

Mein Blick schweift umher. Die Wiese ist mit Blüten übersät. Angefangen von Margeriten, über Gänseblümchen, verschiedenen Gräsern, mit denen man Hahn und Henne spielen kann, wenn man sie vom Halm streift. Eine Hummel setzt sich auf eine Knopfblume, die sich unter dem Gewicht der Hummel leicht zur Seite neigt. Diese Blume sieht einfach wunderbar aus schon alleine wegen der Farbe, sie ist fliederfarben und die Blüte sieht aus sie ein Knopf, daher nenne ich sie Knopfblume, einen anderen Namen weiß ich nicht.

Im Lüftchen bewegen sie, die Blumen und die Gräser. Es ist sehr ruhig. Aus der Ferne hört man einen Traktor tuckern. Klingt nach Arbeit eines Bauern, weit, weit weg.

Lauter klingen die Insekten, die Fliegen, Hummeln, Bienen, Wespen, und die Grillen zirpen. Das sind Geräusche, die mich beruhigen. Vor mir hüpft eine Heuschrecke, unmittelbar bleibt sie vor mir sitzen. Ich habe das Gefühl sie sieht mich an, sie bleibt einfach auf einem Grashalm in unmittelbarer Nähe.

Ein paar Schritte von mir entfernt steht ein junges Bäumchen auf das mein Blick fällt. In diesem Augenblick höre ich das Plätschern eines Baches, die Sonne bringt ihn zum Glitzern, ich muss kurz die Augen schließen, die Sonne spiegelt sich im Wasser und blendet mich.

Eigentlich wollte ich meinen Weg fortsetzen, doch es reizt mich mehr mich auf die Decke zu legen und in den blauen Himmel zu sehen. In großer Höhe zieht ein Flugzeug einen Kondensstreifen.

Der Bach plätschert, die Insekten summen um die Wette. Ein Marienkäfer setzt sich auf meine Hand und bleibt einfach sitzen.

Wieder höre ich den Traktor, Kühe auf einer Wiese muhen und fressen. Beim Fressen läuten die Glocken, die die Kühe um den Hals tragen. Das läuten hört auf, die Kühe haben es sich gemütlich gemacht und sind am Wiederkäuen. Auch Kirchenglocken höre ich. Ich sehe auf meine Uhr, es ist Mittag.

Weitergehen wäre jetzt eigentlich empfohlen, doch ich habe noch keine Lust zu gehen.

Nach kurzer Zeit fallen mir die Augen zu, die Geräusche werden immer leiser. Das Plätschern des Bachs, das Summen der Insekten sind weit, weit weg.

Plötzlich habe ich das Gefühl es beobachtet mich jemand, und wirklich vor mir steht eine Kuh und sieht mich mit ihren braunen Augen an. Sie steht neben mir und frisst genüsslich Gras. Die Glocke schwingt zwar hin und her, doch sie läutet nicht.

Der Blick auf meine Uhr zeigt mir, dass ich statt weiter zu wandern einfach eingeschlafen bin.

Also ist es jetzt Zeit meine Decke, Flasche und den Rest des Brotes wieder im Rucksack zu verstauen und mich auf den Heimweg zu machen.

Die Wanderung werde ich an einem anderen Tag noch einmal machen, aber dann wirklich bis zum Ende und nicht wieder auf der Wiese einzuschlafen.

Dieser Tag bleibt mir noch lange in Erinnerung, vor allem die Ruhe in der Natur: Die Geräusche, die weit weg waren, der Traktor, die Kirchenglocken, das Läuten der Kuhglocken, das Summen der Bienen, Hummeln, Wespen, das Zirpen der Grillen. Der kleine Marienkäfer der lange bei mir auf der Hand gekrabbelt ist, der Grashüpfer der sich auch nicht von mir wegbewegt, wo ich das

Gefühl habe, er sieht mich an und scheint zu verstehen was ihm erzähle. Das Lüftchen, welches das Gras und die Blumen leicht hin und her bewegt, nicht zu vergessen. Bäume die leise die Blätter rauschen lassen.

    Das alles will und muss ich wieder erleben.

Das Wasserballett

Es ist schon einige Zeit her als Lisa ein Burn-out-Syndrom hatte.

Sie war alleine im Büro für alles zuständig. Sie tat ihre Arbeit wirklich gerne und gewissenhaft. Doch langsam wurde ihr das alles zu viel. Ihr Körper zeigt Reaktionen, die sie einfach überhörte und nicht darauf reagierte.

Der Zusammenbruch ließ nicht mehr lange auf sich warten.

An einem Sonntagabend sagte Lisa zu ihrer Mutter, sie sei so müde. Sie konnte nicht einschlafen und durchschlafen und am Morgen sei sie zeitig wach und könne dann nicht mehr weiterschlafen. Ist sie wach, dann rotieren die Gedanken, die sie dann nicht mehr abstellen könne. Ihr Mutter meinte sie sei einfach urlaubsreif.

Montags ging Lisa wie immer zur Arbeit. Sie setzte sich an den Schreibtisch und wollte zu arbeiten beginnen, doch sie hielt inne, nahm den Telefonhörer ab und rief eine Mitarbeiterin an. Die kam sofort zu ihr ins Büro. In diesem Moment brach alles aus ihr heraus. Sie weinte, sie können nicht mehr. Die Kollegin fragte Lisa ob sie sich was antun wolle. Nein, das nicht, aber am liebsten wollte sie nach Hause gehen, sich zudecken und unter der Decke für lange Zeit verschwinden.

Nachdem sie sich wieder beruhigt hatte, ging die Kollegin wieder. Dafür kam ihre Vorgesetzte, die sie fragte, wie sie denn aussehe. Da brach es wieder heraus sie weinte, doch dann drehte sie sich um weiter zu arbeiten. Die Vorgesetzte nahm ihr den Stift aus der Hand und meinte sie solle sofort aufhören zu arbeiten. Sie solle nach Hause fahren, zum Arzt gehen und sich krankschreiben lassen.

Lisa fuhr nach Hause, rief den Neurologen an und bekam noch am gleichen Tag einen Termin. Der Neurologe schickte sie noch zu ihrem Hausarzt, der er ihr dann eine Krankschreibung gab.

Es wurde ihr eine Rehabilitation verordnet, die sie im Jänner antrat.

Hier wurden ihr Therapien verordnet, auch handwerkliches, wie arbeiten mit Ton, Malerei, Sport, und viel Ruhe. Auch eine Gesprächstherapie war ihr vorgeschlagen worden.

In der zweiten Woche wurde ihr ein tolles Angebot gemacht. Sie könnte doch einmal Watsu probieren. Das ist eine Shiatsu-Massage aber im Wasser.

An besagtem Tag zog Lisa ihren Badeanzug an, darüber den Bademantel und ging in die Schwimmhalle.

Die Therapeutin stellte sich vor, dann stiegen beide in das Wasserbecken.

Lisa musste sich mit dem Rücken zur Beckenwand stellen, die Therapeutin nahm sie bei den Händen und sagte sie solle ihr nur vertrauen, es passiere nichts was sie vielleicht nicht wollte. Sie sollte die Augen schließen und sich führen lassen. An etwas Schönes denken.

Nach wenigen Augenblicken war sie aus der Wirklichkeit. Sie schwebte.

Sie hatte ein Ballettkleid an, das sich an ihren Körper schmiegte fast wie eine zweite Haut. Der Stoff war durchsichtig, längere Bahnen des Stoffes umschmeicheln auch ihre Beine. Sie fing an zu tanzen, zuerst etwas verhalten, doch dann ließ sie sich von der Musik tragen. Drei Tänzerinnen tanzten um sie.

Sie tanzte, sie schwebte und war total glücklich sich so bewegen zu können und dürfen. Es war als wollte sie nicht mehr aufhören zu tanzen.

Langsam, ganz langsam wurde sie von der Therapeutin wieder in die Wirklichkeit geholt. Sie brachte Lisa wieder an die Beckenwand und ganz leise sprach sie sie mit ihrem Namen an. Die Therapeutin fragte sie, wo sie denn gewesen sei, die Antwort war, sie sei im Ballett tanzen gewesen und hätte getanzt wie noch nie in ihrem Leben.

Die Therapeutin lächelte und meinte, das sei der Zweck dieser Therapie gewesen. Man hätte ihr angesehen, dass ganz weit weg war. Sie hätte sich gut führen lassen und wirklich gut auf diese Therapie angesprochen. Sie machte ihr ein Angebot, noch einmal eine Stunde mit ihr zu verbringen. Dieses Angebot nahm Lisa gerne an. Die Erfahrung nach dieser Stunde war wieder eine ganz andere.

Lisa machte wieder die Erfahrung, dass man sich im Traum überall hinbegeben könnte wohin man wollte.

Ein Märchen aus der Vergangenheit in die heutige Zeit versetzt
(Das Märchen spielt in Österreich)

Vor einiger Zeit lebte im Waldviertel an einem Waldrand eine ältere Frau, die sehr heruntergekommen aussah, in einer kleinen windschiefen, halbverfallenen Hütte. Die Fenster waren teilweise mit Pappe verklebt, teilweise war das Glas schon fast blind. Man würde diese Alte als wohnungslose und heimatlose Frau bezeichnen.

Nachdem die alte Frau nicht allzu viel Geld hatte, musste sie immer sehen wie und woher sie etwas zu essen organisieren konnte.

Also ging sie tiefer in den Wald um nach Beeren zu suchen. Sie fand Brombeeren. Der Strauch hatte viele Stacheln, aber sie fand doch so viele Beeren, dass ein kleines Gefäß damit voll wurde. Sie fand auch Preiselbeeren, auch hier schaffte sie ein kleines Gefäß zu füllen. Außerdem fand sie Pilze, Herrenpilze, Parasol und Eierschwammerl (man nennt sie auch Pfifferlinge) die nach einem ausgiebigen Regen aus der Erde schossen.

Im Wald fühlte sie sich wohl, hier starrte sie niemand an, wie es viele Leute taten.

So ging sie langsam durch den Wald, bis sie zu einer Lichtung mit einem kleinen Teich kam. Sie setzte sich um ein wenig zu rasten und um die Sonne zu genießen. Vögel zwitscherten und Insekten flogen summend umher. Aus etwas größerer Entfernung hörte sie einen Kuckuck. Während sie in der Wiese saß, sah sie auch noch wilde Erdbeeren, die kleinen roten Beeren, die sehr süß schmeckten, auch die sammelte sie noch ein.

Während sie sich bückte sah sie etwas Blaues aufblitzen, sie griff danach und hob es auf.

Da hüpfte auf einmal ein Frosch auf die Alte zu. „Na du kleiner grüner Hüpfer, was willst von mir? Willst auch mit dem Ding da spielen? Na, dann komm her!" „Du bist aber nicht gescheit, das kann ich doch nicht halten! Aber zum Fressen könntest mir was geben, hast du nichts? Hallo das blaue Ding könntest mir geben!" „Bist du nicht gescheit oder was? Das kannst doch nicht essen, da wirst ja sterben!" „Weißt was, geh mit mir, da finden wir schon was für dich!"

Also gingen die beiden zu der Hütte der alten Frau. Sie trug den Frosch, da sie sonst zu lange für den Weg gebraucht hätten.

Zu Hause deckte sie den Tisch, der alt und wackelig war. Tischdecke war keine vorhanden, die Teller waren abgeschlagen, die Tassen hat keine Henkel mehr. Die Gabeln waren auch nicht mehr gerade, die Zinken waren leicht verbogen, doch man konnte noch mit ihnen essen. Der Frosch und die Alte ließen es sich schmecken. Nach dem Essen räumte die Alte den Tisch ab und machte das Geschirr sauber.

Sie machte sich fertig um sich schlafen zu legen.

Der Frosch meinte: „Sag und was ist mit mir, glaubst du ich schlaf da beim Tisch? Das finde ich aber nicht gut! Ich will es auch warm haben, oder glaubst nur du willst es warm?" „Sag was willst, du grüner Hüpfer? Glaubst du ich lass dich in mein Bett? Du hast doch deine Schrauben locker! Zu mir ins Bett kommst nicht! Bist wahnsinnig?" „ICH WILL ES AUCH WARM HABEN!", meinte er.

Er hüpfte immer näher zum Bett, die Alte riss die Augen auf, der Frosch kam immer näher. Der Frosch war jetzt genau vor ihr, sie nahm ihn und schleuderte ihn gegen die schiefe Wand. Plötzlich stand ihr „Prinz" da. Ein Mann der genauso arm wie sie war, stand plötzlich vor ihr.

Nachdem das ein Märchen ist, lebten die beiden Alten glücklich und zufrieden in der alten, windschiefen und zugigen Hütte.

Elisabeth und Herbert
40 Jahr Ehe

Der Beginn dieser Geschichte ist am Anfang sehr eigenartig, aber es ist die Wahrheit.

Ich hatte mit vier Jahren Polio.

Als ich Herbert kennenlernte war ich achtzehn Jahre, er war zwanzig Jahre alt.

Es hatte damit begonnen, dass er mit seiner Mutter bei einer Sozialarbeiterin vorstellig wurde. Er suchte ein Mädchen mit einer Behinderung, warum auch immer. Zur gleichen Zeit hatte eine Sozialarbeiterin, die ich vom Krankenhaus kannte, ein Gespräch mit ihrer Vorgesetzten. Die erklärte ihr, dass da ein junger Mann ein Mädchen mit Behinderung suche. Also haben die zwei Damen beschlossen, die zwei jungen Menschen zusammenzubringen.

Das war im September vor fünfzig Jahren.

Herbert schrieb mir einen Brief, in den er auch ein Foto von sich beilegte.

> *„Sehr geehrtes Fräulein Elisabeth!*
> *Ich wollte Sie vor allem bitten, diesen meinen Brief nicht als üblen Scherz aufzufassen, sondern ihn so ernst zu nehmen, wie er auch gemeint ist.*
> *Von Ihrer Existenz weiß ich durch die Hauptfürsorgerin der Körperbehindertenfürsorge (früher wurde das Fürsorge genannt, heute sind sie Sozialarbeiter). Da ich die wirklich*

ernst gemeinte Bekanntschaft eines körperbehinderten Mädchens suche, gestatte ich mir Ihnen zu schreiben und Sie um Ihre Bekanntschaft und um eine Antwort auf meinen Brief zu bitten.
Nun darf ich aber etwas über mich berichten. Ich bin 21 Jahre alt, 176 cm groß, brünett, schlank und als Elektriker bei der Signalstreckenleitung der österreichischen Bundesbahnen im Außendienst beschäftigt. Das Bundesheer habe ich, Gott sei Dank, gut hinter mich gebracht. Ich bin keine Autobesitzer, habe aber die Absicht, Anfang nächsten Jahres vorerst einmal den Führerschein zu erwerben. Auch möchte ich vielleicht zu ihrer Beruhigung feststellen, dass meine Eltern von meinem Bemühen, die Bekanntschaft eines körperbehinderten Mädchens zu machen, voll informiert sind. Sie können mit vollstem Verständnis rechnen, da meine Mutter selbst seit ihrer Jugend körperbehindert ist und trotzdem seit über 24 Jahren eine glückliche Ehe mit meinem nicht körperbehinderten Vater führt. Mich stört ebenfalls eine Behinderung nicht.
*Ich bin auch **kein** verwöhntes Einzelkind, sondern habe drei Geschwister und darf von mir behaupten, konsequent und tolerant zu sein.*
Ich darf Sie aber nochmals bitten, meinen Brief möglichst bald zu beantworten und vielleicht einen gewünschten Treffpunkt anzugeben. Ich würde Sie aber ebenso gerne auch von zu Hause abholen.

*Ich ersuche jedoch, unser persönliches Kennenlernen an einem Samstag oder Sonntag festzulegen, da ich durch meinen Beruf manchmal einige Tage in der Provinz festgenagelt bin.
In Erwartung Ihrer Antwort und auf ein möglichst baldiges persönliches Kennenlernen schließe ich als ihr
Herbert*

P.S.: Wie ich aussehe, zeigt das beiliegende Foto."

Ich war anfangs skeptisch, doch ich antwortete auch mit einem Brief, in dem ich vorschlug er könnte mich von zu Hause abholen. Herbert war sehr höflich, er brachte meiner Mutter und mir Blumen mit. Wobei ich mich gleich mit Wasser begossen hatte. Ein kleines Hoppala, aber was solls.

Wir unterhielten uns eine Zeit lang, dann kam die Frage: „Wo wollen sie gerne hingehen?" Ich war sprachlos. Bis zu diesem Datum hat mich nie einer von den sogenannten Freunden gefragt wurde, ob ich nicht auch mit ihnen ins Kino, Kegeln oder Tanzen gehen möchte. Er fragte mich wohin ich gehen wollte. Ein kleiner Funken war da. Das Verständnis für mich und meine Gehbehinderung. Das Feuer kam erst sehr viel später und hat sich zu einer Größe entwickelte, die ich nicht einmal zu hoffen gewagt hatte. Das war für mich ein Wunder und kam so selbstverständlich über seine Lippen. Nachdem ich mich gefangen hatte, schlug ich einen Kinobesuch vor. In einem Kino in unserer Nähe sahen wir uns dann „My fair Lady" an.

Ab diesem Zeitpunkt trafen wir einander öfter, immer am Wochenende.

Nach und nach lernte ich seine Familie kennen. Seine Eltern, seine zwei Geschwister, die noch zu Hause wohnten. Der älteste Bruder war verheiratet und wohnte nicht mehr zu Hause. Der wichtigste sei nicht vergessen, das war der Familienhund „Rolfi".

Zu den Weihnachtsfeiertagen war ich bei seinem älteren Bruder und seiner Frau eingeladen.

Im Jänner war ich mir sicher, ich will mit Herbert zusammenbleiben, also haben wir uns verlobt. Er nahm mich so wie ich war, das war für mich das ausschlaggebende. Ende Juni haben wir zuerst standesamtlich in Wien geheiratet, die kirchliche Trauung fand am 30. Juni statt. Wir hatten uns entschlossen, dass meine Großeltern auch bei der Trauung dabei sein sollten. Mein Großvater war damals schon über 80 Jahre alt und konnte keinen langen Zug- oder Autofahrten mehr bewältigen, also deshalb die Trauung in Gröbming.

Der Tag der Trauung war ein sehr schöner Tag nicht nur des Wetters wegen sondern auch, weil die Schwestern meiner Mama mit ihren Familien mitfeierten.

Ein Jahr später im Juli kam unser Sohn Martin zu Welt, drei Jahre später kam seine kleine Schwester Katharina zu Welt. Das Glück war komplett.

Es gab natürlich viele Aufs und Abs, doch wir hielten immer zusammen. Einer war für den anderen da, das war selbstverständlich.

Die Kinder hatten immer einen Hafen, den ich darstellte, in den sie flüchten konnten, wenn es einmal Ärger gab.

Herbert war ein idealer Papa. Er unternahm mit den Kindern tolle Wanderungen in den Bergen. Er lehrte sie Ski fahren, er brachte ihnen das Eislaufen und das Radfahren bei. Das waren die Dinge, die ich nicht konnte. Was ich konnte, war mit dem Rad fahren und schwimmen. Da waren wir dann gemeinsam unterwegs.

Nach zehn Jahren; Haushalt und Familie suchte ich mir wieder zusätzliche Arbeit. Halbtags war genug, da hatte ich dann noch genug Zeit für die Kinder. Das finanzielle nicht zu vergessen, da konnten wir dann weitere Sprünge machen.

Unserem Sohn Martin konnten wir die Gastgewerbefachschule ermöglichen, unsere Tochter hat ihr eine Lehre als Gärtnerin abgeschlossen.

Jetzt waren wir dran. Wir bekamen unser erstes Auto. Endlich hatte sich mein Radius erweitert. Mit öffentlichen Verkehrsmitteln war es für mich nicht immer leicht.

Wir unternahmen wunderschöne Ausflüge, Urlaubsreisen und Kurzurlaube.

Für mich kam nach zwanzig Jahren der große Zusammenbruch, ein Burn-out-Syndrom. In dieser Zeit stand mir Herbert immer zur Seite. Die Arbeit war einfach zu viel geworden. Da ich alleine im Büro tätig war, war zwar die Arbeit sehr abwechslungsreich, aber auch sehr viel mehr geworden, bis es zu viel war. Herbert übernahm den ganzen Haushalt und ließ mich zur Ruhe kommen. Ich machte ihm ziemlich Sorgen, doch er war immer da.

Da zu meiner Behinderung noch das Burn-out-Syndrom dazukam schlug mir der Arzt vor, doch um die Pension anzusuchen. Nach einigem Zögern und mit den Gesprächen mit Herbert entschloss ich mich die Pension zu beantragen, und bekam sie innerhalb eines Monats zugesprochen.

Zu meinem sechzigsten Geburtstag nahm das Schicksal seinen Lauf:

Mein Bruder und Katharina mussten Herbert ins Krankenhaus bringen. Es hatte den Anschein als hätte er einen Schlaganfall. Die Sprache war verwaschen, beim Schneiden des Fleisches war die Hand total unsicher, er ließ die Hand hängen und auch mit dem Bein hatte er Schwierigkeiten, er konnte nicht mehr richtig gehen. Es stellte sich nach einigen Untersuchungen heraus, Herbert hatte Lungenkrebs. Zwei Metastasen, die eine befand sich im Gehirn, in der Nähe des Sprachzentrums und die zweite befand sich im Lymphknoten.

Es waren für uns die letzten Weihnachten, die wir mit unseren Kindern und Enkelkindern verbringen durften. Zu den Feiertagen konnten wir wenigstens so tun als wäre alles in Ordnung.

Nach der ersten Chemotherapie ging er mit seinem Enkel einkaufen, was er hätte nicht tun sollen, doch er sagte. „Ich mache was ich will, ich lass mich nicht einsperren." Leider erkrankte er im Februar an einer Lungenentzündung. Am Montag mussten wir ihn ins Krankenhaus bringen. An einem sonnigen Samstag am Nachmittag schloss er für immer seine Augen. Es mag für Außenstehende ungewöhnlich sein, aber ich habe seinen Entschluss nicht mehr weiter krank sein zu wollen, verstanden, und die Entscheidung, wenn es auch schwer fiel, mit ihm getragen.

Das Fazit für mich ist, es nicht alles selbstverständlich. Arbeite immer an deiner Beziehung. Lasse dir Dinge einfallen, die die Beziehung am Leben halten.

Wie gesagt aus der kleinen Flamme wurde ein großes Feuer, das wir am Brennen halten konnten.

Die Heimat meiner Mutter war die Steiermark

Wir, unsere Mutter, mein Bruder und ich, wir lebten in der Stadt. Meine Mutter ist leider schon verstorben.

Unsere Mutter war in Pruggern in der Steiermark geboren worden. Mit den Mädchen zogen die Eltern nach Gröbming. 1944 bauten meine Großeltern ein kleines Haus. Unsere Mutter lebte bis zu ihrem Tod in Wien.

Wir hatten Ferien, unsere Mutter hatte 14 Tage Urlaub, das war die damalige Zeit, so um 1960 nichts neues.

In den Ferien und Mamas Urlaub durften wir bei Mamas Eltern, unseren Großeltern zu Gast sein.

Es war eine einfache Familie, aber mit sehr viel Herz und Liebe.

Unsere Mutter hatte 3 Schwestern, die älteste Schwestern hieß Lore und war mit Onkel Karl verheiratet, die beide leider auch schon verstorben sind. Sie wohnten am Anfang in Stein a. d. Enns. Die jüngeren Schwestern leben beide in der Steiermark. Tante Johanna, genannt Hanni wohnt in Gröbming, die jüngste Schwester heißt Hilde und wohnt in Deutschlandsberg.

Damit man einen Eindruck von der Familie bekommt, möchte ich auch noch die Kinder der Tanten erwähnen.

Tante Lore hatte drei Söhne, Rudolf, genannt Rudi, Karlheinz und Wolfgang.

Unsere Mutter Sofie hatte zwei Kinder, mich Elisabeth und Peter meinen Bruder. Sie war geschieden.

Tante Hanni und Josef genannt Onkel Sepp, haben sechs Kinder. Christine, Klaus, Bernd, Hannes, Ulrike und Sabine, dazu gibt es auch schon wieder Kinder, aber das würde jetzt zu weit führen.

Die Jüngste, Hilde war mit Hermann verheiratet, ist auch geschieden, und hat zwei Kinder, Regina und Gerald.

In der Urlaubszeit war die ganze Familie versammelt. Im Sommer waren alle da. Das Haus platzte fast aus allen Nähten, aber es war einfach lustig und immer was los.

Obwohl mein Großvater schon ein älterer Herr war, er war sechzehn Jahre älter als meine Großmutter, die er sehr liebte und verehrte, liebte seine Kinder und seine Enkelkinder, wenn sie um ihn waren. Er wirkte für mich immer respekteinflößend, aber er war einfach ein Mensch, den man einfach gern haben musste. Meine Großmutter war die gute Seele des Hauses. Sie war immer sehr ruhig und unaufgeregt, schimpfte nie mit uns. Es kam nie ein böses Wort über ihre Lippen. Mit ihr konnte man auch sehr gute Gespräche führen. Und hatte man etwas auf dem Herzen konnte man die Sorgen bei ihr abladen und sich einen guten Rat holen. Großmutter hatte einen riesigen Garten. Alle Arten von Gemüse, was man sich nur vorstellen kann. Obstbäume standen im Hühnergarten. Zwetschgen, Marillen, Ringloten. Der Birnbaum war ein Spalierbaum, Apfelbäume standen hier und ein Nussbaum. Im hinteren Teil des Gartens gab es Himbeeren, Ribisel (Johannisbeeren), weiß, rot und schwarz, Stachelbeeren und Erdbeeren, die aber im Sommer nicht mehr vorhanden waren. Im Hühnergarten kratzten die Hühner, aber keines ihrer Hühner wurde geschlachtet, die starben an Altersschwäche.

Großmutter hatte für uns Kinder immer ein eigenes Beet mit verschiedenem Gemüse, welches wir nehmen durften sobald es reif war, und nur das Beet war uns erlaubt.

Statt Suppe gab es immer eine große Schüssel voll mit Salat, wie gesagt frisch aus dem Garten. Man musste ihn wirklich gründlich waschen, sonst hatte man etwa eine ganz kleine Schnecke, Fliegen oder Raupen auf den Blättern. Rohes Gemüse kam bei uns Kindern immer sehr gut an. Aber auch Gemüsesuppen oder den Gemüseeintopf waren immer ein Gedicht. Sie kochte auch typisch steirische Speisen. Das Schafbratl war das allerbeste. Sie briet die Erdäpfel mit. Nach dem Schaf durften wir nichts kaltes trinken und so bekamen wir immer entweder Pfefferminz- oder Hagebuttentee. Das wäre jetzt aber zu viel wollte ich sie alle aufzählen.

Und Blumen ohne Ende. Auf dem Weg zur Waschküche, da waren die Hühner im Stall und die Holzhütte, standen links und rechts von dem schmalen Weg Blumen. Gleich nach dem Gartentor hatte sie ihren Rosengarten. Auf den war sie besonders stolz. Die schönsten Farben, in allen Größen und dicht an dicht. Gegenüber dem Haustor war auch ein Rosenbusch, der hatte ganz kleine rosa Blüten und im Herbst wurden draus dann Hagebutten.

Die Waschküche hatte kleine graue und ganz dunkle Untermieter, die Mäuse. Da das Hühnerfutter in der Waschküche gelagert wurde, hatte die jeden Tag einen Festschmaus.

Wenn es zweiundzwanzig Uhr wurde mussten alle zu Bett sein. Wir Kinder lagen im Nebenzimmer und hörten unsere Großeltern noch miteinander reden. Das war ein Ritual, das sich jeden Abend abspielte. Sie ließen den Tag noch einmal Revue passieren, dann hörte man sie beten und dann gab es den Gute-Nacht-Kuss. Für uns auch ein Zeichen unsere Münder und Augen zu schließen.

Die älteste Schwester Lore lud uns jedes Jahr für ein paar Tage nach Stein a. d. Enns ein. Von da aus machten wir die tollsten Ausflüge. Um einige zu nennen: zur Türlwandhütte (die ist am Dachstein), auf die Hochwurzen (da konnte man noch mit dem Auto hinfahren, heute geht eine Seilbahn hinauf), zu Verwandten, die im sogenannten Untertal zur Tante Thresel (die immer schwarze Kleider trug, ich weiß nicht warum), Obertal und auf dem Fastenberg, (da kommt man zur Planai), nach Schladming zur ältesten unehelichen Tochter meines Großvaters, Josefa, genannt Seferl. Diese Ausflüge konnten wir nur machen, da Tante Lore und Onkel Karl ein Auto hatten.

Mein Großvater wurde unehelich geboren. Sie war Magd auf dem Bauernhof seines Vaters. Seine Mutter starb sehr jung. Die spätere Ehefrau unseres Urgroßvaters zog den Großvater auf wie eines ihrer eigenen Kinder. Aber das tat keinen Abbruch, da sich alle Geschwister meines Großvaters gut verstanden. Insgesamt hatte mein Großvater 12 Geschwister, nicht alle waren mir namentlich bekannt. Zu meinen Großeltern kamen auch der Bruder meines Großvaters, Blasius genannt Blosl. Seine Schwester Genoveva wohnte in Nordenham, im Norden Deutschlands, sie hatte dorthin geheiratet. Da gab es noch mehr Geschwister, die wir aber nie kennenlernen konnten. Nur noch eines möchte ich erwähnen. Mein Urgroßvater hieß mit Vornamen Mathias, und mein Enkel schreibt sich genauso wie mein Urgroßvater hieß.

Ich habe hier nicht alles erzählen können was wir noch alles in Gröbming erlebt haben.

Ältere Frau und junger Mann
Umgekehrt kein Thema

Sie heißt Ulla, ist neununddreißig Jahre alt und eine hübsche Frau. Sie hat lange blonde Haare mit Naturwellen, ist groß und schlank. Sie trägt jeden Tag eine andere Frisur.

Sie hat ihr Studium schnell und mit ausgezeichnetem Erfolg abgeschlossen.

Er heißt Frank, ist 15 Jahre jünger und schon Boss Nummer Zwei in einem großen Unternehmen.

Er hat sein Studium in kürzester Zeit mit Vorzug absolviert.

Er hat schwarze, etwas längere Haare, ein Bart nur um den Mund ziert sein Gesicht. Er ist 1,95 groß und hat eine schlanke durchtrainierte Figur.

Die Zwei arbeiten gerne miteinander. Manchmal gibt es Überstunden zu leisten, das hält sich aber in Grenzen.

Beruflich verstehen sie sich ohne Worte. Er weiß was er von ihr verlangen kann und sie erledigt die Arbeit in kürzester Zeit. Er kann sich auf sie verlassen. Jeder ist in seinem Fach einfach unschlagbar. Sie ergänzen sich beruflich einfach bestens. Der Boss Nummer Eins ist mit beiden sehr zufrieden und voll des Lobes.

Da Ulla kurz vor ihrem Geburtstag steht, stellt sie schon einen Plan zusammen, wie sie diesen Tag begehen will. Da der Tag an ein Wochenende fällt, ist es leicht etwas zu planen. Freunde haben sie schon darauf angesprochen. Sie soll den Plan nicht ausführen, das ist die Aufgabe ihrer Freunde.

Eigentlich hat sie nicht vor den Tag besonders zu begehen, doch die Freunde bestehen darauf den Vierzigsten so richtig toll zu feiern. Sie will den Tag etwas ruhiger feiern, doch sie wird einfach überstimmt. Die Freunde haben sich etwas nettes ausgedacht, somit hat Ulla nichts mit der Vorbereitung zu tun.

Im Büro geht alles seinen geregelten Gang, wie immer.

Ihre Freunde sind sicher, dass die Überraschung gelingen wird.

Frank hält Ulla, soweit es möglich ist von allem fern. Die Überraschung soll auf jeden Fall gelingen. Auf die Augen von Ulla sind alle gespannt. Er lächelt in sich hinein, nach außen lässt er sich nichts anmerken.

Nachdem Ulla eine ausgezeichnete Mitarbeiterin ist, sorgt der Chefetage für ein tolles Geschenk. Frank fällt es fast ein bisschen schwer nichts zu verraten. Irgendwie freut er sich schon auf den Augenblick, an dem Ulla überrascht wird.

Es sind nur mehr zwei Tage bis zu ihrem Geburtstag. Ulla freut sich schon mit ihren Freunden und ihren Bossen zu feiern.

Noch liegt Arbeit auf dem Schreibtisch, die noch vor dem Wochenende erledigt sein muss. Also ran an die Arbeit, Augen zu und durch.

Der Tag ist da, es Samstag. Ulla darf heute länger schlafen und sich in Ruhe auf den Abend vorbereiten. Ausgiebig duschen, die Haare trocknen und sich Zeit lassen.

Um Sechzehn Uhr läutet es an der Wohnungstür, Frank holt sie zu ihrer Feier ab. Sie ist verwirrt, doch sie fängt sich schnell. Sie begrüßt ihn und bittet ihn in die Wohnung. Er sagt, lange dürfen sie sich nicht aufhalten, da ihre Bosse und die Freunde schon auf sie warten. Frank holt Ulla ab, damit ist sein Auftrag erfüllt.

Sie fahren zu einem kleinen aber sehr vornehmen Restaurant.

Die Begrüßung war für Ulla überwältigend. Die Begrüßung war riesengroß und sehr überraschend für Ulla. Frank steht hinter ihr und nimmt ihr das Schultertuch ab.

Zuerst begrüßt sie die Bosse, dann sind die Freunde dran. Der Raum ist erfüllt vom Duft der Blumen, die die Gäste mitgebracht haben.

Ulla freut sich über ihre Geschenke, es sind nicht viele da die Freunde zusammengelegt haben um Ulla den Wunsch, den sie hat, überreichen zu können.

Eine Vase mit einem besonderen Muster, ein Gemälde, das sie sich nie selbst gekauft hätte, aber das ihr sehr gut gefällt.

Dann kommen die Bosse dran. Sie überreichen ihr einen Reisegutschein, der sehr hoch ausfällt. Einlösen kann sie ihn wann immer sie will, er hat einfach eine lange Gültigkeitsdauer.

Alle nehmen an dem langen Tisch, der sehr geschmackvoll gedeckt ist, Platz. Beim Essen wird geplaudert und viel gelacht.

Danach wird Platz geschaffen um tanzen zu können. Frank fordert Ulla auf, die sich gerne auf Tanzfläche führen lässt. Sie unterhalten sich über Dinge, die nichts mit Büro und Beruf zu tun hat. Nachdem langsame Musik gespielt wird, zieht Frank Ulla näher zu sich. Ulla lehnt den Kopf nach einiger Zeit an seine Schulter. Einer der Bosse fordert sie auch auf mit ihm zu tanzen. Boss Nummer Eins fragt beim Tanz nach der Beziehung, die sie und Frank haben. Mit dieser Frage hat sie nicht gerechnet. Doch sie antwortet, es ist nur eine rein berufliche Beziehung. Boss Nummer Eins schaut sie erstaunt an. Er sagt zu ihr, dass er das Gefühl hat, dass da etwas mehr als nur berufliches ist. Sie schaut ihn mit ernstem Gesicht an, doch er meint, es sei doch nichts dabei, wenn die beiden jungen Leute sich auch außerhalb des Büros treffen. Die Nummer Eins bedeutete ihr, er hätte nichts dagegen, sollte da mehr sein und lacht über das ganze Gesicht.

Der Tanz ist vorbei, sofort ist Frank wieder da und fordert sie wieder zu einem Tanz auf. Sie hat das Gefühl er will sie gar nicht mehr loslassen.

Es war spät und einer nach dem anderen verabschiedete sich.

Das Fest ist zu Ende. Es ist spät geworden. Frank bringt Ulla wieder nach Hause, vor der Tür plaudern sie noch. Ulla meint, es wäre doch besser nicht auf der Straße zu stehen, sondern sich oben es sich noch gemütlich zu machen.

Die Zeit vergeht, die Getränke tun langsam ihre Wirkung. Ulla bietet Frank an auf der Couch zu nächtigen. Diesen Vorschlag nimmt er gerne an. Sie sind nicht betrunken nur beschwipst, jedoch mit dem Auto zu fahren wäre zu gefährlich, das steht sich nicht dafür, vielleicht den Führerschein zu verlieren.

Da sie immer wieder Freunde zu Gast hat, ist auch Bekleidung zum Wechseln für Frank da. Er kann duschen und sich frisch machen. Er kommt aus dem Bad nur mit einem Handtuch bekleidet. Sie sieht ihn aber nicht an. Sie spürt wie ihr die Röte ins Gesicht steigt. Rasch verschwindet sie im Bad. Auch sie kommt nur mit einem Handtuch bedeckt aus dem Bad.

Nachdem beide geduscht haben, sitzen sie noch auf der Couch und plaudern. Plötzlich nimmt Frank Ullas Gesicht in seine Hände und küsst sie zärtlich auf den Mund. Der Damm bricht und sie verbringen den Rest der Nacht in ihrem Schlafzimmer.

Der nächste Tag ist ein Ruhetag.

Es gibt Frühstück im Bett und noch anderes.

Es ist Montag. Wieder ein Arbeitstag. Sie treffen gemeinsam im Büro ein. Zufällig begegnet ihnen Boss Nummer Eins. Er sieht sofort was da sich abgespielt hat. Er lächelt und gratuliert den beiden. Er freut sich, dass die beiden sich gefunden haben nicht nur beruflich.

Bei der Arbeit sind beide wie immer, jeder weiß was zu tun ist und es geht hervorragend. Beruf ist Beruf und Privat ist Privat. Die beiden trennen das einfach meisterlich. Keiner kann ihnen vorwerfen, dass die Arbeit darunter leidet. Das halten die beiden streng getrennt.

Den Reisegutschein, den Ulla zum Geburtstag bekommen hat planen Ulla und Frank gemeinsam.

Zuerst geht es zum Standesamt, dann kommt die Hochzeitsreise.

Die Malediven sind ihr Ziel.

Die Zimmer sind etwas ganz besonderes. Sie stehen auf Holzpfählen im Wasser. Es gibt nur eine einzige Wand, an der das Bett steht. Statt Wänden gibt es Vorhänge aus ganz zartem Material, die sich im leichten Lüftchen bewegen. Die Wellen umspülen die Pfähle, sonst hört man keinen Laut.

Weit und breit kein Mensch der Ulla und Frank stört. Die beiden genießen das Schwimmern, in der Sonne unter einem Schirm liegen, Essen und Trinken.

Und am Abend dann die traute Zweisamkeit.

Die grosse Hilfe eines Partners

Die Tränen laufen Julia über ihre Wangen. Sie weiß gar nicht warum sie eigentlich weint. Sie hat einen Druck im Magen, das Herz tut ihr weh. Es sind Schmerzen, die nicht vom Körper, sondern aus ihrer Seele kommen. Erklären kann sie sich den Zustand nicht.

Sie rollt sich auf der Couch zusammen, zieht sich die Wolldecke bis zu den Ohren.

Als ihr Freund Philipp nach Hause kommt, ist er erstaunt sie schlafend vorzufinden. Als er ihr ins Gesicht sieht, laufen im Schlaf immer wieder Tränen über ihre Wangen. Sie schluchzt ganz leise.

Als könnte er etwas dafür sie in so einem Zustand zu sehen, hat er ein schlechtes Gewissen. Er weiß selbst nicht warum, aber es ist so.

Je mehr er darüber nachdenkt umso mehr kommt er zu dem Schluss, dass mit Julia etwas nicht stimmen kann. Es ist ungewöhnlich, sie um diese Zeit schlafend und weinend vorzufinden.

Auf leisen Sohlen geht er zur Couch. Die Decke ist auf den Boden gefallen, er hebt die Decke auf und legt sie über Julia: In diesem Augenblick schlägt sie die tränennassen Augen auf. Die Augen sind noch nass, doch sie weint nicht mehr.

Julia sieht Philipp an, ihr Gesicht ist immer noch gerötet.

Philipp setzt sich zu Julia auf die Couch, er nimmt sie in den Arm und fragt sie was los ist. Sie antwortet, sie weiß es nicht, es ist einfach so über gekommen, den Grund weiß sie nicht. Er drückt sie zärtlich an sich und streichelt ihr über das Gesicht. Diese Geste ist von so viel Zärtlichkeit, dass Julia wieder die Tränen in die Augen schießen. Ihr Kopf ist an seine Schulter gelehnt, sein Hemd wird dabei ganz nass.

Nach ein paar Minuten geht es Julia wieder besser, sie steht auf und geht in die Küche. Sie bereitet das Abendessen vor. Philipp hilft dabei, damit Julia nicht alles alleine machen muss. Nach dem Abendessen hilft Philipp ihr dabei die Küche wieder in Ordnung zu bringen. Er räumt den Geschirrspüler ein. Julia stellt die Reste des Abendessens in den Kühlschrank. Zu zweit geht es doch schneller.

Julia hat immer noch das Gefühl wieder weinen zu müssen Philipp ahnt offensichtlich was in Julia vorgeht. Er nimmt sie zärtlich in den Arm, führt sie zur Couch und setzt sich mit ihr hin. Julia lehnt sich an ihn und hält ihn fest. Aber sie weint nicht mehr.

Allmählich kommt ein Gespräch in Fahrt.

Sie fragt Philipp wie sein Tag war. Philipp antwortet, der Tag war sehr gut verlaufen. Er hat einen tollen Erfolg verzeichnen können.

Julia gesteht ihm, dass sie in ihrer Firma den Chef um einen freien Tag gebeten hat, den sie auch bewilligt bekommen hat.

Am nächsten Tag geht sie wieder arbeiten. Sie bereitet ihren Chef über den geplanten Arztbesuch vor. Er meint es ist gut, wenn sie sich nicht wohlfühlt den Arzt aufzusuchen.

Julia braucht nicht lange auf einen Termin warten. Alleine will sie nicht zum Arzt, also bittet sie Philipp darum sie zu begleiten.

Gerne erfüllt er diese kleine Bitte.

Der Arzt hört ihr bei dem langen Gespräch aufmerksam zu. Er kommt zu dem Schluss Julia hat eine Depression. Auf dem Rezept, das er Julia gibt, verschreibt er ihr ein Medikament gegen Depressionen.

Philipp stand daneben und in seinem Kopf arbeitet es. Julia hat in letzter Zeit oft geweint, jetzt hat er die Antwort auf seine Frage was mit ihr los war.

Das Medikament tat bald seine Wirkung. Julia geht es um vieles besser. Sie kann wieder lachen. Philipp ist froh über diese Wendung.

Jetzt können sie auch wieder Pläne schmieden.

Ein Urlaub ist geplant. Beide sind sich noch nicht sicher wohin es gehen soll. Philipp möchte ans Meer, Julia lieber in die Berge.

Sie entscheiden sich für die goldene Mitte. Die eine Hälfte des Urlaubs verbringen sie am Meer, die zweite Hälfte in den Bergen.

Für Julia und Philipp ist diese Auszeit, die sie miteinander verbringen, eine Wohltat.

Am Tag liegen sie unter einem Sonnenschirm, der Schatten spendet. Das Wasser hat eine angenehme Temperatur.

Zum Abendessen gibt meist Fisch mit verschieden Beilagen, Gemüse und Salat natürlich nicht zu vergessen.

Nach der ersten Hälfte des Urlaubs kommt die zweite Hälfte und jetzt geht der Wunsch von Julia in Erfüllung, sie fahren in die Berge. Der Aufenthalt am Meer war für Julia eine Erholung, doch jetzt freut sie sich auf die geliebten Berge. Sie hat auch Pläne gemacht was sie alles machen will. Philipp ist zwar nicht so begeistert, doch Julia zu Liebe macht er mit. Er liebt sie und will sie glücklich sehen, also macht er die Wanderungen mit.

Julia jedoch ist eigentlich darauf eingestellt vieles alleine zu unternehmen, doch das stellt sich als großer Irrtum heraus, Philipp macht die Wanderungen mit ihr.

Julia geht es nach dem Aufenthalt noch besser als es schon am Meer der Fall war. Das Medikament wirkt gut. Die Luft, die Bewegung und natürlich Philipps Liebe und Nähe tun ihre hervorragende Wirkung.

Philipp ist froh, dass es Julia wieder gut geht. Julia fühlt sich auch wieder wohl in ihrer Haut. Die Zeit, in der sie viel geweint hat, ist endlich vorbei.

Somit geht es den beiden gut, die Harmonie ist in Ordnung und die Liebe hat wieder den Platz, den sie schon vorher hatte.

Unsere Mama

Es ist mir ein Bedürfnis ein Kapitel unserer Mama zu widmen. Damit man sieht oder besser lesen kann was diese gute Frau alles in ihrem Leben geleistet hat.

1953 im August haben unsere Eltern geheiratet. Ende November kam ich zur Welt.

Zu Beginn ihrer Ehe wohnten unsere Eltern bei Papas Eltern im 15. Wiener Gemeindebezirk.

1956 wurde mein Bruder Peter geboren. Unsere Eltern wohnten nun im 14. Wiener Gemeindebezirk.

1958 erkrankte ich an Polio, das war für unsere Familie ein herber Schlag.

Mein Bruder war erst zwei Jahre alt und ist somit wie ich mit meiner Behinderung erwachsen geworden.

1961 ab diesem Zeitpunkt hatte unsere Mama immer wieder Rheuma-Schübe unter denen sie zu leiden hatte. Um einiges zu erklären, so hart sie bei mir mit meiner Behinderung war, damit ich im Leben etwas erreichen kann, so war sie auch zu sich selbst. Nur nicht nachgeben oder sich gehen lassen. Alles ausprobieren und dann wenn es nicht mehr geht um Hilfe bitten. Mit sich selbst hielt sie es genauso.

1962 trennten sich unsere Eltern. Mama hatte die Scheidung eingereicht, sie mochte sich nicht mehr betrügen lassen.

Papa ging uns eigentlich nicht richtig ab. Seit sie die Wohnung hatten war er sowieso sehr selten zu Hause.

Also war sie jetzt für uns Kinder ganz alleine zuständig, eigentlich war sie es schon gewohnt.

Für Mama war es nicht leicht mit uns alleine zu sein. Meine Behinderung stand jetzt oft im Vordergrund, es hat sich einfach so ergeben.

Arbeiten gehen, die Kinder versorgen, den Haushalt damit war sie jetzt ganz allein.

Mama liebte uns bei gleich, sie behandelte uns auch gleich, keiner wurde bevorzugt. Es war für sie selbstverständlich für uns zu gleichen Teilen da zu sein.

Nachdem es für Mama mit dem Geld auszukommen nicht leicht war, ermöglichte sie uns trotzdem immer wieder Dinge, die nicht leicht zu finanzieren waren. Wie gesagt für sie war es alles andere als leicht.

Egal ob Geburtstag oder Weihnachten, wie bekamen immer gleich. Ich meine, ich bekam natürlich andere Dinge als mein Bruder.

Meist bekam mein Bruder zu Weihnachten Ski da er sie sowieso brauchte, also brachte das Christkind Ski.

An ein Weihnachtsfest erinnere ich mich ganz genau, als wäre es gestern gewesen. Mama fragte mich was ich mir denn vom Christkind wünschen würde. Ich sagte da zu meiner Mama, dass ich mir von Herzen ein paar Ski wünschen würde. Und tatsächlich zu Weihnachten lagen unter dem Weihnachtsbaum kurze circa 60 cm lange blaue Holzski mit einer Lederriemenbindung. Ich war selig.

Das war das beste was ich jemals bekommen hatte.

Nachdem die Winter mit jeder Menge Schnee den Kinderjahren waren, konnte ich mir in unserem Hof einen kleinen Schneehügel aufbauen. Stolz wie sonst jemand bin ich dann mit meinen Skiern auf dem Hügel „Ski gefahren". Für mich war das der Himmel!

Meinem Bruder ermöglichte sie Landschulwochen und im Winter Skikurse, die von der Schule veranstaltet wurden.

1966 hatte sie mir einen 14-tägigen Aufenthalt in England ermöglicht. Wir fuhren mit dem Zug bis Ostende, dann mit Schiff nach Dover, mit dem Zug nach London. Nach einem Abendessen ging es dann weiter mit Zug und Bus bis zu dem Ort, wo wir einquartiert waren. Nach den 14 Tagen flogen wir dann mit dem Flugzeug vom Flughafen Gatwick wieder zurück nach Wien. Das war auch so ein Erlebnis, an das ich mich heute noch lebhaft erinnere.

Viel Zeit musste ich im Krankenhaus verbringen. Damit ich auch in dem Unterrichtsfach Maschinschreiben auf dem Laufenden blieb, besorgte sie mir eine Reiseschreibmaschine. Da konnte ich im Krankenhaus meine Übungen schreiben und war dann nicht zu weit hinter den anderen zurück.

Peter bekam ein Fahrrad. Mir hat mein Großvater ein Kinderrad geschenkt, damit ich meine Muskeln stärken konnte und unsere Mama konnte mich leichter einen Berg hinauf schieben.

Am meisten tat mir mein Bruder leid, wenn Mama mich im Krankenhaus besuchte, musste er beim Portier warten bis Mama wieder kam. Wir hatten nur 2 Stunden Zeit um Besuch zu haben. Das war für manchen sehr hart, wenn die Eltern wieder gingen. Kinder unter 14 Jahren durften nicht ins Krankenhaus.

Mit 18 lernte ich meinen zukünftigen Mann kennen, mit 19 habe ich dann geheiratet und mit 20 Jahren das erste Kind bekommen. Und unsere Mama unterstützte mich auch da wieder. Nach 3 Jahren kam das 2. Kind und immer noch konnte ich auf die Hilfe unserer Mama zählen.

Die Jahre gingen ins Land. Unsere Mama feierte ihren 80. Geburtstag, das war ein letzter Höhepunkt. Ihr Zustand wurde immer schlechter, das Rheuma machte ihr schon große Probleme.

An einem Freitagabend war die Heimhilfe bei Mama, die mich anrief und mir mitteilte, es ginge Mama sehr schlecht. Da wir in der Nähe wohnten, war es leicht zu ihr zu kommen. Sie hatte Fieber, seit Tagen nicht richtig gegessen und fast nichts getrunken. Wir riefen die Rettung, die sie ins Krankenhaus brachte, aber statt besser wurde es immer schlechter. Es mussten sie schon 2 Pfleger aus dem Bett holen, alleine ging es überhaupt nicht mehr.

Nun war die große Frage, kann man ihr mit einer Kurzzeitpflege wieder auf die Beine helfen, leider war es nicht möglich. Statt der Kurzzeitpflege musste sie ins Pflegeheim übersiedeln. Für mich war der Gedanke schrecklich, ich hatte ein schlechtes Gewissen, aber wie sollte ich, die ich selber Hilfe und Unterstützung brauchte, unsere Mama pflegen, und Peter war noch berufstätig.

Es kam die Zeit, wo ich unserer Mama, für die Fürsorge die sie uns angedeihen ließ, danken konnte, indem ich endlich auch einmal vieles zurückgeben konnte. Die vielen Krankenhausaufenthalte, wo sie immer viel Zeit aufbrachte um mich zu besuchen.

Es war für uns alle nicht schön unsere Mama die meiste Zeit im Bett liegend anzutreffen.

In der Zeit als Mama im Pflegeheim war, starb mein Mann nach kurzer, schwerer Krankheit, er hatte Krebs. Das war 2014. Das hat Mama nicht mehr richtig mitbekommen. Doch einmal hat sie nach Herbert gefragt und ich musste ihr sagen ihr Schwiegersohn lebt nicht mehr. Sie hat es gehört, aber bald wieder vergessen.

Aber dafür konnte ich jeden Tag bei ihr sein, soweit es meine Beine zuließen.

Mit der Zeit war es für sie schon schwer das Besteck beim Essen in der Hand zu halten. Also bin ich jeden Tag zur Mittagszeit ins Pflegeheim gefahren, um ihr das Essen zu geben. Konnte ich aus den oben erwähnten Gründen nicht kommen, übernahmen die Schwestern und Pfleger diese Aufgabe.

2016 feierten wir im Pflegeheim mit ihr ihren 85. Geburtstag. Wir brachten die Dinge, die wir dafür brauchten, selbst mit, da wir die Schwestern damit nicht belasten wollten.

Nach unserem Urlaub im Sommer, es war inzwischen fast Ende August, hatten mein Bruder und ich ein Gespräch mit dem Stationsarzt. Wir beide hatten uns darüber ausgesprochen, dass es für unsere Mama keine Behandlungen mehr geben sollte, nur die Schmerzen sollten ihr genommen werden. Wir beide haben dem Arzt erklärt „Unsere Mama darf gehen, wenn sie es so will. Wir betteln nicht, dass sie bei uns bleibt, wenn es für sie keine Hoffnung mehr gibt." Der Arzt versprach sich an diese Absprache zu halten. Sie bekam ausreichend Flüssigkeit, denn Essen verweigerte sie schon.

Am Montag war ich bei ihr, da war sie schon sehr still. Dienstag kamen Peter und Gabi zu besuche, auch ich war wieder bei ihr und hielt ihre Hand.

Am Mittwoch kam ich zu Mittag schon, obwohl ich wusste sie isst nichts mehr. Ich habe ihr vom Urlaub erzählt. Ihr Grüße ihrer Schwestern, den Neffen und Nichten ausgerichtet. Sie mochte Ephraim Kishon gerne lesen, so habe ich meinen E-Bookreader mitgebracht und ihr Kurzgeschichten von ihrem Liebling vorgelesen. Die

Schwestern und Pfleger schauten immer wieder herein, bedeuteten mir aber ich solle weiter lesen. Dazwischen hielt ich immer wieder ihre Hand. Die Augen waren den ganzen Tag schon offen und ich hatte in dem Augenblick nicht das Gefühl, dass sie noch hören konnte.

Ein Pfleger kam ins Zimmer und wollte unserer Mama nur die Lippen eincremen, doch sie drückte ihre Lippen aufeinander. Im ersten Augenblick wusste ich nicht was das bedeuten sollte, doch dann begriff, sie wollte dieses Absaugen des Schleims aus dem Hals nicht mehr über sich ergehen lassen. Ich sagte zu ihr, sie soll nur die Lippen ein bisschen öffnen, denn Deho, der Pfleger, wollte nur die Lippen eincremen, weil sie so rau waren. Die Augentropfen ließ sie sich dann auch noch geben.

Mein Bruder kam auch zu Besuch. Er erzählte Mama auch noch ein paar Dinge.

Wir wollten uns verabschieden, und sagten ihr, dass wir am nächsten Tag beide wieder kämen.

Da wurde ihr Atem immer leiser, das gurgelnde Geräusch aus dem Hals hörte auf, dann schloss sie die Augen für immer.

Ich gab ihr noch einen letzten Kuss, machte ihr das Kreuzzeichen auf die Stirn und sagte ihr: „Ich wünsche dir eine gute Reise".

Wir blieben noch eine Weile an ihrem Bett stehen. Deho kam ins Zimmer und öffnete die Balkontür, damit ihre Seele aufsteigen konnte.

Der Weg eines Buches!

Als ich geborgen wurde, war ich ein wunderschönes, sauberes und ungelesenes Geschichtenbuch.

In einer Buchhandlung wurde ich zum Verkauf angeboten. Dort stellte man mich in die Auslage. Einige andere meiner Geschwister standen in einem Bücherregal oder waren bereit verkauft um dann gelesen zu werden.

Eines Tages kam eine junge Frau und Mutter mit einem süßen Mädchen in die Buchhandlung. Als der Verkäufer sie beriet, stand der vor dem Regal, in dem meine Geschwister standen. Sie wollte aber nur mich aus der Auslage haben. Sie sagte zu dem Verkäufer: „Das Buch aus der Auslage möchte ich haben." „Warum?", fragte der Verkäufer. Sie antwortete: „Dieses Buch steht in der Sonne. Der Einband ist so wunderschön, der darf nicht verbleichen! Außerdem mein Kind wird dieses Buch sicher lieben!" Und so kam es dann auch.

Jeden Tag musste junge Mutter dem Mädchen aus mir vorlesen.

Es kam der Tag, an dem das Mädchen in die Schule kam. Sie war eine fleißige Schülerin und konnte meine Geschichten bald selber lesen. Ab nun hörte die Mutter den Geschichten zu. Sie las allen vor, die zuhören wollten. Es waren viele Personen, die Mutter, der Vater, die Großeltern, Ihre Tanten und Onkel.

Auch in die Schule wurde ich mitgenommen. Sie las den Klassenkameraden aus mir vor. Die freuten sich immer wenn sie mich wieder in die Schule mitbrachte.

Die Kinder in der Klasse durften mich auch in die Hand nehmen und auch aus mir vorlesen.

Meine kleine Freundin wurde Größer und Älter. Ich wurde nicht mehr so oft wie früher aus dem Regal genommen. Mein Einband war noch immer so schön wie am ersten Tag, als ich damals mit der kleinen Freundin nach Hause gehen durfte.

Eines Tages als mich das Mädchen einem Freund auslieh und ich aus ihren Augen verschwand, war es ein Abschied für immer. Nur zu diesem Zeitpunkt war es niemandem bewusst wie es enden sollte.

Der Bub war sehr wild und passte überhaupt nicht auf seine Spielsachen auf. Auch nicht auf die Bücher, die er in seinem Zimmer hatte.

In dem Zimmer war ein fürchterliches Durcheinander. Die Spielsachen lagen herum, vieles davon war zerstört durch seine Wildheit und Zerstörungswut.

Seine Mutter stand auf verlorenem Posten. So viel sie ihn auch ermahnte, es änderte sich nichts. Seine Mutter räumte, aus lauter Verzweiflung über das Chaos, auf. Doch bald sah das Zimmer wieder so aus wie es vorher war. Er war wie Wirbelsturm, der durch das Zimmer fegt und alles war wieder kaputt und zerstört. Den Spielfiguren fehlten die Arme oder Beine, Brettspiele war ohne Spielfiguren und die Würfel lagen irgendwo im Raum unter all den Dingen, die sonst noch herumlagen. Autos fehlten die Türen, die Reifen, der Kofferraumdeckel und die Motorhaube. Es war schrecklich.

Aber uns Büchern ging es nicht viel besser. Wir flogen von einer Ecke in die andere Ecke. Die Seiten fielen aus uns heraus. Er bemalte uns Seiten, die Umschläge waren eingerissen und hatten Eselsohren.

Ich war doch nur ausgeborgt, doch vorsichtig war er nicht mit mir. Ich hatte große Sehnsucht nach meiner Freundin, die mich immer so pfleglich und gut behandelt hatte. Viele Jahre hatte sie auf mich aufgepasst, mich immer wieder ins Bücherregal gestellt. Nun lag ich zerrissen, beschmiert, mit allen möglichen Flecken übersät. Die Buchdeckel waren eingerissen, teilweise fehlte uns überhaupt unser ganzer Inhalt. Könnte ich weinen, ich würde es gerne tun.

Die Mutter des Buben fand es war an der Zeit wieder einmal Ordnung zu schaffen.

Sie räumte die Spielsachen in Kisten und brachte sie in den Keller. Später wollte sie sich Zeit nehmen und was zu reparieren war auch wieder zusammenzusetzen.

Uns Bücher konnte sie nicht wieder heil machen. Auch ihr tat es weh, dass ihr Sohn uns Bücher so behandelt hatte und nunmehr zerrissen waren. Wir waren einfach keine Bücher mehr sondern nur mehr lauter Fetzen die im Ofen landeten.

Der Novembernebel

Heute ist wieder einmal so ein Tag, die Sonne ist zwar da, aber man sieht sie nicht. Nebel den ganzen Tag. Da sinkt leider auch die Stimmung.

An solchen Tagen hat man das Bedürfnis jemanden bei sich zu haben, der einem Mut zuspricht und wieder ein Lächeln auf das Gesicht zaubert.

Festgehalten und nicht mehr losgelassen werden, das wünscht man sich.

Die Stimmung nähert sich dem Nullpunkt. Da kommt ein Anruf eines guten Freundes. Die Stimmung hebt sich wieder etwas. Man hört ihn reden und schon geht es mit Stimmung wieder ein Stück nach oben.

Er hört sich aber auch nicht gut an. Seine Stimmung ist auch nicht gerade die beste. Er hört sich auch sehr müde an. Er meint ihm gehe es nicht gut. Also zwei Freunde, dieselbe Stimmung.

Also ruft er seine Freundin an, die immer ein offenes Ohr hat. Das Gefühl man schwimmt auf der gleichen Wellenlänge, es ist einfach nicht zu glauben, aber es ist so.

Einer schüttet dem anderen sein Herz aus. Schon merken beide, dass es wieder aufwärts geht.

Die Sonne ist immer noch im Nebel versteckt, aber die Stimmung wird im Laufe des Gesprächs wieder besser.

Ein Wort gibt das andere und schon ist man wieder am Lachen, bis man fast keine Luft mehr bekommt. Der Bauch tut schon weh, aber man lacht immer noch.

Jetzt geht es wieder beiden gut.

Blödeln alles gut und schön, aber ernste Gespräche sind auch auf der Tagesordnung und halten sich die Waage.

Der Freund ist wirklich ein guter Freund, mit dem man alles teilen kann. Der nicht sagt, dass man sich zusammenreißen soll, es wird schon wieder.

Es geht vom hundertsten und tausende und immer noch hat man Ernst und Spaß auf allen Ebenen.

In jeder Lebenslage füreinander Zeit haben, für Gespräche, das macht eine gute Beziehung zu einem Freund aus. Es ist einfach ein guter Freund zu sein, Tränen wegwischen und auch wieder gute Laune bringen.

Beide hören sich zu, trösten einander.

Und das ist gut so!!

Meine Freundin Christa!

Es war Anfang Sommer, da rief mich meine Freundin Christa an. Sie teilte mir mit, sie müsse ins Krankenhaus, es gäbe da einen Verdacht. Beim Röntgen habe man an der Leber etwas entdeckt, das müsse man genauer untersuchen, da müsse man jetzt eine Biopsie machen, um festzustellen was das für eine Vermehrung sei.

Die Daumen halte ich ihr auf jeden Fall, dass das nicht eintritt was befürchtet wurde.

Ein paar Tage später rief sie mich an: „Es hat sich bestätigt was vermutet wurde, es ist Leberkrebs. Die ganze Leber ist voll damit." Das erste, was mir rausrutschte, war: „Sch...!" „Hör zu, ich kann dir leider die Schmerzen und die Behandlungen, die jetzt auf dich zukommen nicht abnehmen. Aber ich bin da für dich. Du kannst mich zu jeder Tages- und Nachtzeit anrufen. Scheue dich nicht es zu tun, falls du es nicht mehr aushältst, ich hör dir zu. Es wird nicht leicht, aber wie gesagt ich bin da!!"

Die Behandlung begann unmittelbar nach der Diagnose. Eine Chemotherapie, die es in sich hatte. Gleich nach der ersten Gabe gingen ihr die Haare aus. Sie bekam dann eine Perücke. Wobei ich sagen musste, die sah wirklich gut aus und sah ihrem Haarschnitt total gleich.

So oft ich konnte besuchte ich sie im Krankenhaus. Bei einem dieser Besuche führte ich ihr meine Peronäusschiene, die aus Carbon war, vor. Ich streckte meine Hände nach der Seite aus, das rechte Bein nach hinten und dann sagte ich zu ihr: „Schau so schaut es jetzt dann aus wenn ein Sturm geht fliegt er nach hinten weg. Ich muss ganz schön aufpassen damit es mich nicht zu Boden wirft!" Im gleichen Augenblick ging eine Schwester an uns vorbei: „Na was wird das denn vielleicht gar eine Engelsfigur?" „Nein, das ist mein rechtes Bein bei Sturm!" Christa konnte lachen, obwohl ihr eigentlich nicht danach war. So konnte ich sie ein bisschen ablenken. Aber das Gelächter war den ganzen Gang entlang zu hören.

So oft sie wollte kam ich sie im Krankenhaus besuchen. Ich richtete mich ganz nach ihr. Es gab Tage, da rief sie an und sagte: „Bitte nicht böse sein, aber heute nicht."

„Ist in Ordnung," war meine Antwort, „ruf an wenn du wieder Besuch haben willst."

Auf die Chemo sprach Christa gut an. Der Tumor wurde kleiner und so dachten die Ärzte an eine Operation, wo das jetzt kleine Krebsgewebe entfernt werden sollte. In dieser Zeit war sie auf der Intensivstation und durfte nur ihre Familie zu Besuch kommen.

Sie erholte sich relativ schnell und durfte bald wieder das Krankenhaus verlassen. Als sie wieder zu Hause war besuchte ich sie wieder regelmäßig.

Was folgte waren regelmäßige Blutabnahmen um zu kontrollieren was sich im Blut abspielte.

Sie musste ihren Hauswartposten aufgeben, sie durfte sich nicht mehr anstrengen. Nachdem der Posten mit der Wohnung gekoppelt war, mussten die Familie in eine andere Wohnung ziehen.

Familie und Freunde hielten zusammen und schafften den Umzug innerhalb von ganz kurzer Zeit. Christa wollte kochen, das ließ ich nicht zu. Sie sollte sich nicht überanstrengen. Also war es an mir die Helfer zu verköstigen. Und ich tat es gerne!

Längere Zeit gab es bei den regelmäßigen Kontrollen keine Anzeichen, dass der Krebs da wäre. Das war ein Irrglaube, bei einer Kontrolle war er wieder da, dieses unersättliche Biest.

Also ging die ganze Prozedur wieder von vorne los. Nachdem der Zyklus beendet war, freute sie sich auf den Urlaub. Sie flogen, die ganze Familie, nach Gran Canaria.

Als ich sie nach ihrer Rückkehr sah, musste ich mich zurückhalten. Sie wirklich sehr schlecht aus. Das Wasser im Bauch ließ sie aussehen als wäre sie schwanger. Sie musste nun regelmäßig punktiert werden, sonst würde sie ersticken. Sie hatte auch Erstickungsanfälle, worauf ich ihr sagte: „Christa du musst was tun. Es gibt ambulante Hospizhilfe. Ich kann dir Adressen von Organisationen bringen. Bitte tu was, was ist wenn dein Mann einmal nicht zu Hause ist, was machst du dann. Du könntest ersticken."

Sie nahm nicht die ambulante Hilfe in Anspruch, sondern sie ließ sich ins Hospiz im Krankenhaus einweisen. An dem Nachmittag fuhr ich nach meiner Arbeit zu ihr. Ich blieb nur so lange, bis eines der Familienmitglieder kam, dann ging ich. Es wäre sonst zu viel für sie gewesen.

Ich kann mich an Zeiten erinnern, da ging es bei Christa lustig zu, alle waren sie da, hatten Spaß, Christa versorgte alle mit Essen. Auch gab es Ehepaare, die mit ihnen gemeinsam Urlaub machten.

Bei einem dieser Besuche sagte sie zu mir: „Weißt du, dass ihr beide, dein Mann und du die einzigen sind, außer der Familie, die immer noch zu Besuch kommen. Ich dachte immer ich hätte viele Freunde, aber herausgestellt hat sich, dass ihr die Einzigen seid, die immer noch da sind. Alles anderen sind weg! Ich bin dir so dankbar!"

„Schau es ist leicht in guten Zeiten ein Freund zu sein. Wenn getrunken, gegessen, gefeiert und gelacht wird. Aber ich finde ein wirklicher Freund ist auch dann da, wenn es einem nicht gut geht. Und das haben wir gemacht. Ganz einfach!" „Ich bin dir so dankbar!"

Eine Woche nach dem Gespräch, ich war wie immer bei ihr. Sie schlief die meiste Zeit. Ich hielt ihre Hand. Auf einmal machte sie die Augen auf: „Ach schön, dass du da bist!", dann schlief sie wieder ein. Als ihr Mann kam bin ich gegangen. Sie sollte mit ihm alleine sein.

Am nächsten Tag am Vormittag rief mich ihre Schwester an: „Christa hat heute um halb neun die Augen für immer geschlossen." Für Christa konnte es nichts besseres geben als zu gehen. Keine Schmerzen mehr, keine Behandlungen, endlich Frieden. Jetzt habe ich meinen Tränen freien Lauf gelassen. Die ganze Zeit war ich stark für meine Freundin, jetzt durfte ich loslassen!

Meine „drei" Töchter

Um es gleich vorwegzunehmen, ich habe „nur" eine leibliche Tochter namens Theres. Zwei jüngere Frauen, Luisa und Leyla, habe ich „adoptiert" und sie mich.

Das kam so zustande, dass Luisas Mutter schon sehr zeitig verstorben ist. Leyla hat ihre Mutter auch schon vor längerer Zeit verloren. Also bin ich jetzt die „Ersatzmama" für die beiden jungen Frauen.

Leyla suchte Hilfe, damit ihr Deutsch besser wird, sie mehr verstehen und besser lesen kann. Im Gegenzug hilft sie mir dann im Haushalt, bei Dingen, bei denen ich schon etwas Schwierigkeiten habe.

Erstens muss ich Theres nicht bitten mir zu helfen, da sie 40 Stunden in der Woche arbeitet.

Leyla ist froh sich in allen Fragen, in denen sie unsicher ist, mich um Rat fragen zu können, und hilft ihrer „Mama" im Haushalt.

Ich nenne sie daher alle drei „meine" Mädchen!

Eine Mama wird doch immer wieder gebraucht, auch wenn die „Mädchen" schon älter sind, aber einen Ratschlag oder andere Hilfe benötigen, wird halt dann doch wieder „eingefordert".

Was macht die Mama, sie hat ein offenes Ohr und hilft soweit es eben möglich ist.

Aber das allerbeste an dieser Geschichte ist, beide „Mädchen" haben Kinder, somit habe ich zu meinen leiblichen Enkelkindern noch drei Enkelkinder dazu bekommen. Somit habe ich jetzt sechs Enkelkinder, vier Buben (davon sind zwei schon „Männer", beide sind über zwanzig Jahre) und zwei Mädchen.

Es ist schön wenn man nicht „nur" von einer Tochter gebraucht wird, sondern auch von den „adoptierten".

Bei Luisa bin ich immer wieder Seelentröster und das bin ich gerne. Ich versuche ihr Selbstvertrauen und Selbstbewusstsein immer wieder anzuheben. Ihr zu sagen du kannst das schaffen, vertraue dir doch selbst, dass du es kannst.

Luisa hat immer wieder Schwierigkeiten mit ihrem Vater. Ihr Vater unterstützt sie nicht so, wie man es von einem Vater erwarten würde. Also springt dann immer wieder die Mama ein und stelle sie wieder auf ihre Beine. Die einzige, die ihr keine Sorgen bereitet ist ihre Tochter, meine „Enkelin". Sie lernt gut in der Schule und ist ein tolles Mädchen.

Leyla kommt auch des Öfteren mit ihren Sorgen zu mir. Auch da bin ich wieder diejenige, die sie aufrichtet und ihr auch Ratschläge gibt, wie sie dieses und jenes bewältigen, erfragen und erledigen kann. Auch da wird wieder ein Rücken gestärkt. Manchmal weiß auch ich keine Antwort, dann bin ich die erste die Internet-Anlaufstellen sucht und auch findet. Mama findet fast alles um zu helfen. Sozusagen eine Mama für alle Lebenslagen und alle Fälle, und ich bin es gerne und ich versuche alle immer zufriedenzustellen, soweit es in meiner Macht steht.

Ich liebe meine zufriedenen und glücklichen „Töchter"!

Ein Vogel namens Jakob

Um es mir gemütlich zu machen, setzte ich mich auf den Balkon, die Beine hochgelegt auf einem Stuhl und las in einem Buch. Plötzlich landete eine kleine Meise, die offensichtlich gerade fliegen lernte, auf meinem Tisch. Die Landung auf dem Tisch war etwas hart. Sein erster Ausflug und schon hatte er sich verletzt, das war eine Bruchlandung, im wahrsten Sinne des Wortes.

Als ich mir das Vögelchen näher ansah, hatte er sich das Beinchen gebrochen, es war einfach zur Seite geknickt. Also nahm ich das Telefon und rief einen Tierarzt an, die Sprechstundenhilfe gab mir sofort einen Termin.

Da ich den Kleinen nicht in der Hand tragen konnte und wollte, suchte ich eine Schachtel, wickelte ihn in ein Tuch das kleine Herz schlug schnell, ich dachte schon er überlebt den Transport nicht. Ich machte in den Deckel Löcher damit er atmen konnte und machte mich mit ihm auf den Weg zum Tierarzt.

Wir kamen gleich dran.

Der Arzt untersuchte den Kleinen. Er hatte meine erste Diagnose bestätigt, der Fuß war gebrochen. Er meinte, der ist noch so jung, dem könne man nicht helfen. Worauf ich den Doktor ansah und meint das komme überhaupt nicht in Frage, er solle versuchen den Fuß zu schienen und ich würde mich dann um das kleine Tierchen kümmern.

Er tat es zwar widerwillig, aber ich setzte mich durch.

Nachdem das Vögelchen verarztet war, fuhr ich mit ihm in seiner Schachtel wieder nach Hause.

Vorsichtig stelle ich die Schachtel auf den Tisch, nahm den Deckel von der Schachtel. Das Tuch breitete ich auf dem Tisch auf und formte daraus ein kleines Nest und setzte den Kleinen ab.

Er sollte einen Namen bekommen, aber welchen, Hansi klang in meinen Ohren nicht richtig. Ich sah ihn an und meinte dann ab jetzt heißt er Jakob. Er sah mich an, als wollte er sagen ‚der Name gefällt mir'.

Überall, wo ich in der Wohnung beschäftigt war, nahm ich Jakob mit. Er machte überhaupt keine Anstalten wegfliegen zu wollen. Ich wusste er konnte fliegen, doch er wollte einfach nicht.

Auf dem Balkon hatte ich ihm ein kleines Häuschen gebaut, ein zweites Tuch als Bett hinein gelegt. Daneben eine kleine Schale mit Wasser und Vogelfutter. Meist saßen wir draußen, er in seinem Nestchen auf dem Tisch, ich auf dem Stuhl die Beine hochgelegt. Er schlief und ich las, trank Kaffee oder träumte vor mich hin.

Jakob machte überhaupt keine Anstalten wegfliegen zu wollen, obwohl ich ihm die Freiheit angeboten hatte.

Sein Beinchen war noch nicht ganz ausgeheilt, das hatte der Doktor festgestellt. Er hatte die Schiene, dieses winzige Stückchen, erneuert. Er meinte in ein paar Tagen könnte ich die Schiene entfernen und kann könnte wer wieder in die Freiheit entlassen werden.

Als ich ein paar Tage später die Schiene entfernte, dachte ich jetzt macht er einen Abflug. Doch weit gefehlt, er blieb einfach da. Er saß bei seinem Häuschen und sah mich mit großen Augen an. Ich sagte zu ihm, dass er jetzt fliegen könne. Er flatterte zwar, aber er flog nicht.

Zwei Tage später schlug er wieder mit den Flügeln und flog auch davon. Doch keine zehn Minuten später war er wieder da. Setzte sich zur Wasserschale, trank Wasser und pickte auch ein paar Körner auf. Er war müde und legte sich in sein Nest im Häuschen und schlief.

Die Freiheit wollte ich ihm geben, er aber nahm sich die Freiheit bei mir auf dem Balkon wohnen zu bleiben.

Eine neue Familie entsteht

Susanne war eine junge Frau von 30 Jahren.
 Es war Nacht und Susanne lag in ihrem Bett und schlief. Durch ein Geräusch wurde sie aus dem Schlaf gerissen.
 Sie wohnt in einem Haus am Ende eines kleinen Ortes, der nächsten Nachbarn war etwas weiter entfernt. In Rufnähe war niemand.
 Sie drehte das Licht auf, streckte ihre Füße unter der Decke hervor und stieg in ihre Hausschuhe.
 Auf leisen Sohlen schlich sie zur Schlafzimmertür, vorsichtig öffnete sie diese. Nala, ihre Katze, saß vor der Tür und hatte nun die Gelegenheit in das Zimmer von Susanne zu schleichen. Eigentlich wollte Susanne nicht, dass Nala in der Nacht bei ihr im Zimmer schlief, aber jetzt ließ sie den kleinen Stubentiger in ihr Schlafzimmer. Mit einem Sprung war Nala im Bett, rollte sich zusammen und schlief.
 Susanne ging leise die Treppe hinunter. Die Haustür war abgeschlossen, sie ließ den Schlüssel immer im Schloss stecken.
 Woher kam nun das Geräusch?
 Vorsichtig ging sie näher an die Tür, knapp davor blieb sie stehen. Sie hörte ein leises Stöhnen und dann den Versuch einen Schlüssel von außen ins Schloss zu stecken. Dann eine leise Stimme: „Verdammt wer hat denn das Schloss ausgetauscht. Das gibt es doch nicht!", es war eine männliche Stimme. Jetzt sperrte sie auf und öffnete die Tür und staunte nicht schlecht, da stand ein

Mann in ihrem Alter mit einem kleinen Kind an der Hand. „Was kann ich für sie tun?", fragte Susanne. „Sie können mich in mein Haus lassen", antwortete Jonas und zog das Kind mit ins Haus. „Entschuldigung, aber mir gehört das Haus seit 2 Jahren. Können sie mir bitte erklären wieso das ihr Haus sein soll", Susanne sah in groß an und er sie. „Das Haus habe ich vor 2 Jahren von einer älteren Dame gekauft. Sie ist leider vor kurzem verstorben. Also stehen sie nun in meinem Haus", sagte sie.

Susanne sah jetzt den kleinen Mann, der schon vor Müdigkeit im Stehen schlief. „Kommen sie weiter, wir können doch nicht die ganze Zeit hier stehen und der kleine Mann fällt gleich um. Im oberen Stock ist ein Zimmer, alles, was der junge Mann braucht, inklusive alles fürs Bad." Jonas nahm den Kleinen auf den Arm und ging mit ihm nach oben.

Susanne hatte in der Zwischenzeit eine kleine Mahlzeit vorbereitet. Jonas kam alleine wieder nach unten. Er hatte seinen Sohn nur ausgezogen, ihm einen Schlafanzug angezogen und ihn ins Bett gebracht.

Jonas sah sich jetzt Susanne näher an. Sie war eine junge Frau, er schätzte sie auf 26-28 Jahre. Sie war hübsch, hatte lange Beine, eine gute, schlanke Figur und lange dunkelblonde Haare. ‚Die gefällt mir', dachte er bei sich.

Susanne lud ihn zu sich in die Küche ein. Es war ein gemütlicher Raum mit einem großen Esstisch. „Sie haben den Raum erweitert?", fragte Jonas. „Ja, ich mag es, wenn ich beim Vorbereiten der Mahlzeit Leute am Tisch sitzen habe und ich mich mit ihnen unterhalten kann. Dafür habe ich die Speisekammer, die mir ein bisschen zu groß war, geopfert. Ein kleiner Anbau ist jetzt meine

Speisekammer." Susanne zeigte auf einen Vorhang, dahinter befand sich, gut versteckt, die Tür zu Speisekammer.

Jonas dachte sich er könnte jetzt mit Susanne klären, wie sie zu dem Haus gekommen ist. „Darf ich sie fragen, wie sie zu Haus kamen. Es gehörte meiner Tante Theresa und eigentlich hatte sie mir das Haus vererben wollen!" Jonas sah Susanne an und erwartete nun eine Antwort auf seine Frage. „Das Haus habe ich gekauft, nachdem ich in der Stadt einen Unfall hatte. Durch ein Inserat fand ich den Weg hierher. Frau Theresa erklärte mir ihr Neffe sei ausgewandert, sie hätten ein Kind bekommen und käme nicht mehr zurück. Kurze Zeit später starb Frau Theresa, sie schlief am Abend ein und wachte nicht mehr auf." Susanne sah zu Boden, damit Jonas ihre Tränen nicht sehen sollte. Doch Jonas beobachtete Susanne genau. ‚Sie ist wirklich traurig', dachte er. „Wieso weinen sie?", fragte er. Susanne antwortete: „Deshalb weil mir die Frau einfach sympathisch war und ein Wesen wie meine zu früh verstorbene Mutter hatte. Außerdem möchte ich das Haus nicht mehr hergeben." Sie sah Jonas mit tränennassen Augen an. „Sie brauchen nicht auf das Haus verzichten, sie haben es rechtmäßig erworben. Meine Tante konnte nicht wissen, dass meine Frau bei einem Autounfall ums Leben kam. Jetzt bin ich mit meinem Sohn zurückgekommen, er heißt Florian, wird aber Flo gerufen. Er ist jetzt dreieinhalb Jahre. Seit seine Mutter ums Leben kam, spricht er nicht mehr." Jetzt hatte auch Jonas Tränen in den Augen.

Susanne sah es und meinte dann: „Bitte nicht böse sein, aber ich muss jetzt ins Bett, ich bin sehr müde. Außerdem muss ich morgen arbeiten." Sie drehte sich um und wollte gehen, in diesem Augenblick ließ ihr Bein sie im Stich und sie fiel Jonas in die Arme. „Entschuldigung, seit dem Unfall funktioniert mein Knie manchmal nicht!" „Kein Problem!"

Susanne zeigte ihm noch das Zimmer, in dem er nächtigen sollte, doch er zog es vor bei seinem Sohn zu schlafen. Für den Kleinen war alles ungewohnt, sollte er wach werden, war er gleich für Flo da.

Als Jonas und Flo wach wurden, gingen sie ins Bad, danach zogen sie ihre Kleidung an und gingen nach unten.

Susanne stand schon in der Küche und bereitete das Frühstück vor.

Jonas wünschte einen guten Morgen. „Bitte, das Frühstück wartet schon. Es gibt Toast, Eier, Cornflakes, Honig, Erdbeer- und Himbeermarmelade. Für den Herrn Papa gibt es Kaffee und für den kleinen Mann Kakao." Sie sah Flo an: „Oder möchtest du vielleicht Tee haben?" „Bitte ich möchte gerne Kakao, wenn es geht." Jonas war total überrascht und sprachlos. Flo gab gleich eine Erklärung: „Lange genug habe ich nicht gesprochen. Ich hatte keinen Grund zu reden. Sie gefällt mit, und sie löchert mich nicht mit blöden Fragen, sondern nur gefragt was ich gerne trinken möchte. Also kann ich mich jetzt mit ihr unterhalten." Susanne sah Jonas an und musste lachen. So etwas hatte sie noch nie erlebt, dass ein dreieinhalb jähriger Knabe solche Worte über seine Lippen bringt.

„Bitte Papa bleiben wir hier, ich mag sie. Sie hat so schöne und freundliche Augen, fast wie Mama. Und sie stellt keine blöden Fragen." Susanne sah ihn an und in diesem Augenblick war sie ganz ernst: „Wenn du mir etwas erzählen willst, dann wirst du es tun. Ich kann warten." Jonas sah sie mit dankbarem Blick an.

„Meine Herrn, ich muss mich jetzt zurückziehen, ich muss arbeiten. Frühstücken sie in Ruhe weiter, ich muss sie leider jetzt verlassen. Falls sie etwas brauchen, ich bin in meinem Arbeitszimmer. Ihr dürft das Haus erkunden und eure Sachen unterbringen und verstauen. Jonas, nachdem sie das Haus kennen, brauche ich ihnen nichts erklären. Sie finden sich sicher zurecht."

Susanne zog sich in ihr Arbeitszimmer zurück und begann ihre Arbeit.

Nach dem Frühstück hatten Jonas und Flo alles wieder an Ort und Stelle verstaut und die Küche wieder in Ordnung gebracht.

Zuerst sahen sie in der Speisekammer nach, was an Lebensmitteln da war. Der Vorrat war nicht groß, da Susanne bis dahin alleine gelebt hatte. Also gingen die beiden „Männer" einkaufen. Nach dem Einkauf bereiteten sie das Mittagessen vor.

Susanne war ganz erstaunt, dass das Essen schon auf dem Tisch stand. Es war alles auf dem Tisch. Sie brauchte sich nur zu Tisch setzen und konnte gleich die Mahlzeit genießen.

Flo hatte eine Frage: „Darf ich DU zu dir sagen, du gefällst mir. Du stellst keine blöden Fragen und lässt mich sein wie ich bin!" Susanne sah ihn überrascht an: „Du bist was Besonderes! Ich stelle keine Fragen, da ich denke, wenn du mir etwas erzählen willst, dann wirst du es auch tun. Du bist ein ziemlich kluger kleiner Mann, der sehr wohl unterscheiden kann, wer nur neugierig ist und wer es ernst meint mit einer Frage. Ich frage nicht. Du kannst dir überlegen was du mir erzählen willst oder mich auch fragen willst. Um deine Frage zu beantworten, du kannst du zu mir sagen. Ich bin Susanne." Flo sah sie an und im nächsten Augenblick umarmte er Susanne. „Danke, du gefällst mir, und Papa findet dich auch toll!" Jonas wurde rot und wusste in dem Augenblick nicht was er sagen sollte. Die beiden Erwachsenen sahen sie an, und im nächsten Moment fingen beide an zu lachen. Flo grinste über das ganze Gesicht und freute sich wie ein Schneekönig.

Susanne machte sich wieder an die Arbeit. Jonas und Flo brachten die Küche wieder in Ordnung. Danach machten sie sich ans auspacken und verstauten alles.

Was jetzt folgte, war eine kleine Wohngemeinschaft zwischen Susanne, Jonas und Flo. Die drei verstanden sich einfach gut, und vor allen genossen sie das miteinander, das sie hatten.

Es kam so, wie es offensichtlich kommen musste. Flo ging auf Susanne zu: „Susanne darf ich dich was fragen?" „Natürlich, du darfst mich alles fragen", antwortete Susanne.

Flo lief nach draußen und kam mit Jonas und einem Blumenstrauß zurück. Er stellte sich mit ernstem Gesicht vor Susanne. „Liebe Susanne, darf ich dich fragen, ob du meinen Papa und mich heiraten willst?", er sagte es so ernst, dass Susanne lächeln musste und dann gab sie ihm die Antwort. „Mein lieber Flo! Deinen Papa möchte ich gerne heiraten und für dich möchte ich eine gute Freundin sein!" Flo strahlte sie jetzt an: „Ich möchte dich als meine Mama haben! Papa hat mir erlaubt dich das zu fragen." „Na, wenn das so ist, dann möchte ich es auch!" Susanne kniete sich vor Flo und in seiner Freude sich in die Arme von Susanne zu werfen, landeten beide auf dem Boden. Jonas schaute ganz entsetzt, doch Susanne und Flo konnten sich vor Freude und Lachen nicht mehr halten, nun konnte auch Jonas lachen. So saßen die drei auf dem Boden und lachten und planten die Hochzeit.

Eine SMS für Max

Seit mehr als 30 Jahren sind wir, Herbert und ich (Elisabeth), mit Regina und Max befreundet. Es ist eine Freundschaft die uns beiden verheirateten Paaren einfach gut tut, und wir auch beide ausgezeichnet leben.

Um noch etwas zur Erklärung zu sagen. Max ist seit seinem achten Lebensjahr blind, er hatte eine Netzhautablösung, ich bin seit meinem vierten Lebensjahr gehbehindert.

Regina war Betreuerin bei behinderten Menschen. Max ist gelernter Korbmacher und ausgebildeter Altenhelfer. Herbert war bei den Österreichischen Bunds Bahnen und ich war in einem Büro als Sekretärin (eigentlich Mädchen für alles) beschäftigt.

Herbert ging in Pension nach einem arbeitsreichen Leben, während wir drei nach Zusammenbrüchen in Pension geschickt wurden.

Wir hatten schon vor unseren Pensionierungen immer Kontakt. Wir besuchten uns gegenseitig. Regina und Max wohnen in einem Eigenheim in Niederösterreich und wir in Wien in einer Wohnung.

Für Herbert und mich war es natürlich sehr angenehm wenn wir Regina und Max besuchen konnten, da wir dann auf der Terrasse sitzen konnten, natürlich nur bei schönem Wetter.

Wir hatten immer genug Gesprächsstoff, man kam immer von einem ins andere und die Zeit verging darüber so schnell, wir übersahen einfach die Zeit. Nach dem Tod von Herbert änderte sich an unseren Kontakten nichts.

Max und ich verstehen uns „blind" im wahrsten Sinne des Wortes. Für uns war die Blindheit nie ein Thema. Es war selbstverständlich wenn ich ihn fragte: „Was schaust du dir im Fernsehen an?"

Einmal habe ich natürlich einen Bock abgeschossen. Max hatte schon früher ein Handy, nur damals gab es noch keine Handys mit Sprachausgabe, das ist heute anders. Wir saßen in unserem Wohnzimmer und im Gespräch, ich weiß heute nicht mehr worum es eigentlich drehte, dass ich zu ihm sagte: „Weißt was ich schicke dir eine SMS." Worauf Max ganz trocken antwortete: „Ich werde es probieren, ob es gelingt weiß ich nicht genau!" Er hatte noch nicht ganz ausgesprochen fingen wir zu lachen an. Ja, ja, schicke eine SMS an einen blinden Menschen. An dieser Sache merkt man, dass für uns Max nicht blind war, sondern es war ganz „normal" ihn auch auf Dinge aufmerksam zu machen, die nur ein „Sehender" bemerken konnte. Auch beim Abschied sagte man: „Ich freue mich auf ein Wiedersehen". Man hätte auch sagen können, bis wir einander wieder treffen. Heute ist es für Max auch leichter geworden eine SMS zu empfangen, da es jetzt Handys mit Sprachausgabe gibt. Ein ähnlicher Fauxpas passierte mir noch einmal, dass ich sagte: „Ich schicke dir ein Foto!" „Du, wenn es ein Foto mit Prägung ist, kann ich es mir anschauen!" Es lief so ab, dass Regina ihm erzählte was auf dem Bild zu sehen war. Farben konnte er vor seiner Erblindung sehen und erkennen, deshalb kann er sich vorstellen, wenn man ihm Farben schildert, wie diese Farbe aussieht.

Als unsere Tochter mit Mathias schwanger war, durfte Max als einziger Menschen ihren Bauch berühren. Für

Max war es ein Vertrauensbeweis von Katharina und für ihn ein besonderes Gefühl.

Mein Enkel Mathias war etwas irritiert, als er noch sehr klein war. Max sprach ihn an, konnte ihn nur nicht sehen. Mathias fixierte Max, bis Max sagte: „Mathias, du musst näher kommen, dann kann ich dir die Hand geben." Mit der Erklärung, dass Max blind ist und nichts sehen kann, war er zufrieden und es war nie wieder ein Problem mit Max zu kommunizieren.

Mathias war ungefähr sechs Jahre. Wir, Regina, Max. Katharina, Mathias, Herbert und ich, waren bei einem guten Essen in einem Gasthaus. Nach einer Zeit meinte Max: „So jetzt muss ich auf die Toilette!". Mathias meinte: „Ich bringe dich raus. Sitzen oder stehen?" „Sitzen", meinte Max, da führte Mathias ihn nicht ins Herrenklo, denn dort steht man, so landete Max auf dem Damenklo.

Mathias und Roy

Mathias ist mein 16-jähriger Enkel.

Als er ungefähr 15 Monate alt war, laufen konnte er.

Er war ein kleiner Mann, der gerne unterwegs war. Unsere Tochter wohnte im gleichen Stockwerk wie wir, also hatte es Mathias leicht zu uns zu kommen, er brauchte nur zwei Schritte und war vor unserer Wohnungstür.

Er liebte Tiere, lebende Tiere. Wir hatten ein Aquarium, vor dem saß er auf seinem Kindersessel und schaute den Fischen beim Schwimmen zu. Unsere Tochter hatte zwei Katzen, auch mit diesen ging er sehr zärtlich um. Er war nie grob, oder störte sie beim Fressen. Beim Schlaf beobachtete er nur, er ließ sie einfach in Ruhe.

Regina und Max kamen mit ihrem Hund; es war ein Malamut, ein großer Husky, mit dem Namen Roy.

Mathias liebte diesen Riesenhund. Er konnte mit ihm spielen, auch wenn er mit Roy spielte, war er nie grob. Roy ließ ihn einfach gewähren.

Es so lustig aus, wenn Mathias neben Roy stand. Der Hund war größer als unser Kleiner. Den Kopf hatte Mathias ungefähr in Schulterhöhe von Roy. Da kann man sich vorstellen, wie groß und gleichzeitig gutmütig dieser Riese war.

Zuerst saß Roy und beobachtete Mathias. Der mit seinen Autos oder mit der Lego Eisenbahn spielte.

Am liebsten hatte Mathias, wenn Roy sich auf den Boden legte und alle Viere von sich streckte. Er krabbelte auf Roy zu und Mathias durfte sich auf seinen Bauch legen. Da konnte es schon passieren, dass die beiden ein Nickerchen machten.

Sie waren einfach ein lustiges Gespann. Manchmal sah es so aus als wollte Mathias auf Roy reiten.

Waren Regina, Max und Roy zu Besuch und Mathias war nicht bei uns, dann suchte er in der ganzen Wohnung nach dem Kleinen. Und dann sah es so aus als wäre er traurig, dass sein kleiner Freund nicht da ist. Freude kam dann auf, wenn Mathias an die Wohnungstür klopfte, Einlass verlangte, da war der Riese total erfreut.

Elfriede

Elfriede saß in ihrem Rollstuhl und sah aus dem Fenster.

Sie war alleine, keine Familie, doch es gab noch einen Neffen, von dem sie schon lange nichts mehr gehört hatte, viele Freunde, die ihr schon vorausgegangen waren. Es gab noch eine Freundin Anna, die zwar jünger war als sie, doch die konnte überhaupt nicht mehr aus dem Haus. Kontakt hatten die beiden Damen nur noch telefonisch aber den so oft als nur möglich.

Wie gesagt, Elfriede sah aus dem Fenster, da bewegt sich doch einiges. Sie sah eine Mutter mit ihren Kindern auf dem Weg zu Schule, in den Kindergarten oder auf den Spielplatz gegenüber im Park. Junge verliebte Paare, ältere Frauen, die einen Einkaufswagen hinter sich herzogen. Auch ältere Ehepaare. die Händchenhaltend spazierten.

Sie war auf Hilfe angewiesen, und die gab ihr eine junge Frau namens Suse. Suse hatte eine Tochter namens Katja, sie war sieben Jahre und ging schon zu Schule.

Suse und Katja verbrachten gerne Zeit bei und mit Elfriede. Während Suse die Wohnung in Ordnung hielt, fand Elfriede, dass es einfach nett war mit dem Mädchen zu sprechen, Aufgaben zu machen und mit ihr zu spielen.

Wenn Kaffeezeit war, dann erzählte Suse auch ab und zu etwas aus ihrem Leben.

Elfriede war mit dem Leben nur in ihrer Wohnung überhaupt nicht mehr zufrieden. Sie wollte auch aus der Wohnung, nur war das nicht möglich, da leider Treppen nach draußen führten.

Sie überlegte was sie noch anfangen wollte, alles nur nicht hier versauern.

Am nächsten Tag als Suse kurz vorbei kam um Einkäufe zu bringen, bat Elfriede sie, ihr doch so schnell als nur möglich Unterlagen von Immobilien-Maklern zu bringen.

Suse kam noch am selben Tag mit den Unterlagen. Katja kam von der Schule und hatte sich gedacht, dass ihre Mutter bei Elfriede sein könnte, also ging sie gleich zu den beiden.

Elfriede war eine wohlhabende Frau. Sie machte zwar kein Geheimnis daraus, sie posaunte es aber auch nicht überall herum.

Elfriede bat Suse und Katja bei der Suche nach einem Haus behilflich zu sein. Das taten die zwei gerne und blätterten mit Elfriede in den Unterlagen. Elfriede wusste genau was sie wollte. Es muss ein Haus sein, behindertengerecht, aber auch kindgerecht. Für zwei Erwachsene und ein Kind. Suse sah Elfriede verwundert an. Elfriede meinte nur, wir drei ziehen zusammen in das Haus! Sie müssten mithelfen ein Haus zu finden. Auch Katja blätterte so einiges durch. Plötzlich ein kurzer Aufschrei von Elfriede, Suse und Katja sahen sie verwundert an. Elfriede hatte ein Haus gefunden, Suse und Katja sahen sich auch die Bilder an. Katja schnaubte und meinte, das wäre ja ein Paradies, soviel Garten dabei und das Haus gefiel allen dreien auf Anhieb. Also war es in diesem Augenblick beschlossene Sache sich das Haus näher anzusehen. Unter dem Foto war eine Telefonnummer angegeben, bei der rief Elfriede sofort an und bekam auch gleich einen Besichtigungstermin.

Suse hatte einen sehr guten Bekannten, Stefan, den sie immer wieder um etwas bitten konnte. So rief sie Stefan an und bat ihn mit seinem Kombi vorbeizukommen und Elfriede mit dem Rollstuhl zu dem Haus zu bringen. Das Auto war so groß, dass auch Suse und Katja mitfahren konnten.

Bei dem Haus angekommen, wurde zuerst Elfriede in ihren Rollstuhl gesetzt, dann ging es durch die Gartentür zum Haus. Es sah fast wie ein Märchenschloss aus. Katja sprach es aus, ein Märchenschloss. Stefan hob Elfriede aus dem Rollstuhl, sie war nicht sehr schwer, Suse klappte ihn zusammen und trug ihn mit Hilfe von Katja zur Haustür. Wieder wurde Elfriede in ihren Rolli gesetzt.

Die Haustür wurde geöffnet und der Makler trat zur Seite, sodass Elfriede, Suse, Katja und Stefan eintreten konnten.

Elfriede blieb im Erdgeschoss während Suse, Stefan und Katja in den oberen Stock gingen, um sich die Räume anzusehen.

Der Makler unterhielt sich mit Elfriede, die natürlich ein paar Fragen hatte. Im Erdgeschoss gab es ein Badezimmer. Es war groß und man konnte es behindertengerecht umbauen lassen. Um ins Haus zu kommen brauchte sie eine Rampe, aber der Makler machte ihr einen Vorschlag, den sie dann nicht ablehnen konnte. Es würde ein Außenlift gebaut, damit konnte sie dann ganz alleine kommen und gehen wie sie wollte.

Suse, Stefan und Katja kam in der Zwischenzeit wieder nach unten. Suse hörte noch das Wort Lift und schon hatte sie die Idee um auch in den 1. Stock kommen konnte. Elfriede sah sie groß an. Suse meinte nur es ist doch selbstverständlich wenn man schon in einem Haus miteinander wohnt, sie auch gegenseitig zu besuchen. Der Makler sah Elfriede erstaunt an, ihre Tochter kümmere sich sehr gut um ihre Mutter. Nun mussten beide Frauen lachen, sie seien nicht Mutter und Tochter sondern einfach gute Nachbarn, die sich gerne mögen.

Elfriede bat den Makler um den Vertrag, um ihn sofort zu unterzeichnen. Der Vertrag wurde auf der Stelle unterzeichnet. Sie bekamen die Schlüssel, so war dieses Haus nun fertig um es zu renovieren.

Auch die Firma die den Außenlift errichtete war innerhalb kürzester Zeit fertig. Den Lift in den 1. Stock konnte man komplikationslos schnellstens fertigstellen.

Elfriede bestellte den Installateur um das Bad behindertengerecht umzubauen. Nachdem Elfriede gebeten hatte das Bad so schnell als möglich umzubauen, brachte der Installateur es fertig nach vier Tagen die Arbeiten zu beenden. Suse fragte Stefan ob er vielleicht mithelfen könnte. Er sagte zu und alarmierte auch noch Freunde von ihm, die dann sofort anpackten und innerhalb von ganz kurzer Zeit war das Haus bezugsfertig.

Die Umzugskartons waren gepackt und das Umzugsunternehmen war schnell mit dem beladen des Wagens fertig. Die Wohnung war leer. Es tat Elfriede überhaupt nicht leid auszuziehen.

Stefan und seine Freunde packten jetzt Elfriede mit ihrem Rollstuhl und brachten sie auf die Straße. Es war ein fröhlicher Auszug, da alle wussten, sie könnten in ein Haus, wo für sie Platz war. Die Freunde von Stefan hatten sogar noch Spielgeräte für den Garten organisiert. Jetzt hatte Katja einen Platz, wo sie sicher spielen konnte und auch ihre Schulfreunde durften hier ungestört spielen. Elfriede freute sich so viele neue und junge Gesichter zu sehen und mit all diesen netten Menschen Freundschaft zu schließen.

Suse hatte draußen einen langen Tisch organisiert, man konnte ihn schon fast eine Tafel nennen. Auf dem wurde nun, zum Einzug, Essen und Trinken serviert und richtig toll gefeiert.

Das ist Liebe

Ein armer Mann lebte mit seiner Frau zusammen.

Eines Tages fragte ihn seine Frau, die sehr lange Haare hatte, ob er ihr einen neuen Kamm kaufen könnte, damit sie diese besser pflegen könne.

Es tat dem Mann sehr leid, aber er sagte NEIN!

Er erklärte, dass er nicht mal genug Geld hätte, um seine kaputte Uhr reparieren zu lassen.

Danach hat sie nicht noch einmal gefragt.

Als der Mann zur Arbeit ging, kam er an einem Uhrengeschäft vorbei. Er ging hinein, verkaufte seine Uhr für einen niedrigen Preis und kaufte davon einen Kamm für seine Frau.

Abends kam er nach Hause und wollte seine Frau mit dem Kamm überraschen.

Er war sehr überrascht, als ihm seine Frau mit kurzen Haaren gegenüber stand.

Sie hat ihre Haare verkauft und hielt eine neue Uhr in der Hand.

DAS IST LIEBE!!

(Da mir die Geschichte gefiel habe ich sie abgeschrieben. Autor unbekannt)

10 Regeln die leicht einzuhalten sind!

1. Laufe langsam.
2. Sei wirklich selbstbewusst.
3. Tu nicht so, als ob du den Menschen nicht siehst.
4. Brich nie den Augenkontakt ab.
5. Habe die Möglichkeit einen Kampf zu gewinnen.
6. Arbeite sehr hart an Dir.
7. Ignoriere was andere von Dir denken.
8. Jemand behandelt Dich schlecht? **Geh weg, SOFORT!**
9. Tue Dinge ohne etwas zurückzuverlangen.
10. Wenn Du mir nicht folgst, wirst Du mich wahrscheinlich nie wieder sehen.

FALLS DOCH:
Glückwunsch, Du wirst Dich Mental weiterentwickeln.

(Autor unbekannt)

Die Autorin

Elisabeth Hyrtl wurde im November 1953 in Wien geboren und wuchs dort auch auf. Sie machte eine Lehre als Industriekauffrau und schloß diese mit der Handelskammerprüfung ab. Nach der Heirat 1973 vergrößerte sich die Familie um 2 Kinder 1974 und 1977.

Nach 10 Jahren im Haushalt fand sie Arbeit als Sekretärin im Kriseninterventionszentrum. Ihr Mann verstarb 2014 an Krebs, seither lebt sie alleine, doch die Kinder helfen wo sie können.

novum VERLAG FÜR NEUAUTOREN

Der Verlag

*„ Wer aufhört
besser zu werden,
hat aufgehört
gut zu sein!*

Basierend auf diesem Motto ist es dem novum Verlag ein Anliegen, neue Manuskripte aufzuspüren, zu veröffentlichen und deren Autoren langfristig zu fördern. Mittlerweile gilt der 1997 gegründete und mehrfach prämierte Verlag als Spezialist für Neuautoren in Deutschland, Österreich und der Schweiz.

Für jedes neue Manuskript wird innerhalb weniger Wochen eine kostenfreie, unverbindliche Lektorats-Prüfung erstellt.

Weitere Informationen zum Verlag und
seinen Büchern finden Sie im Internet unter:

w w w . n o v u m v e r l a g . c o m